MW01676384

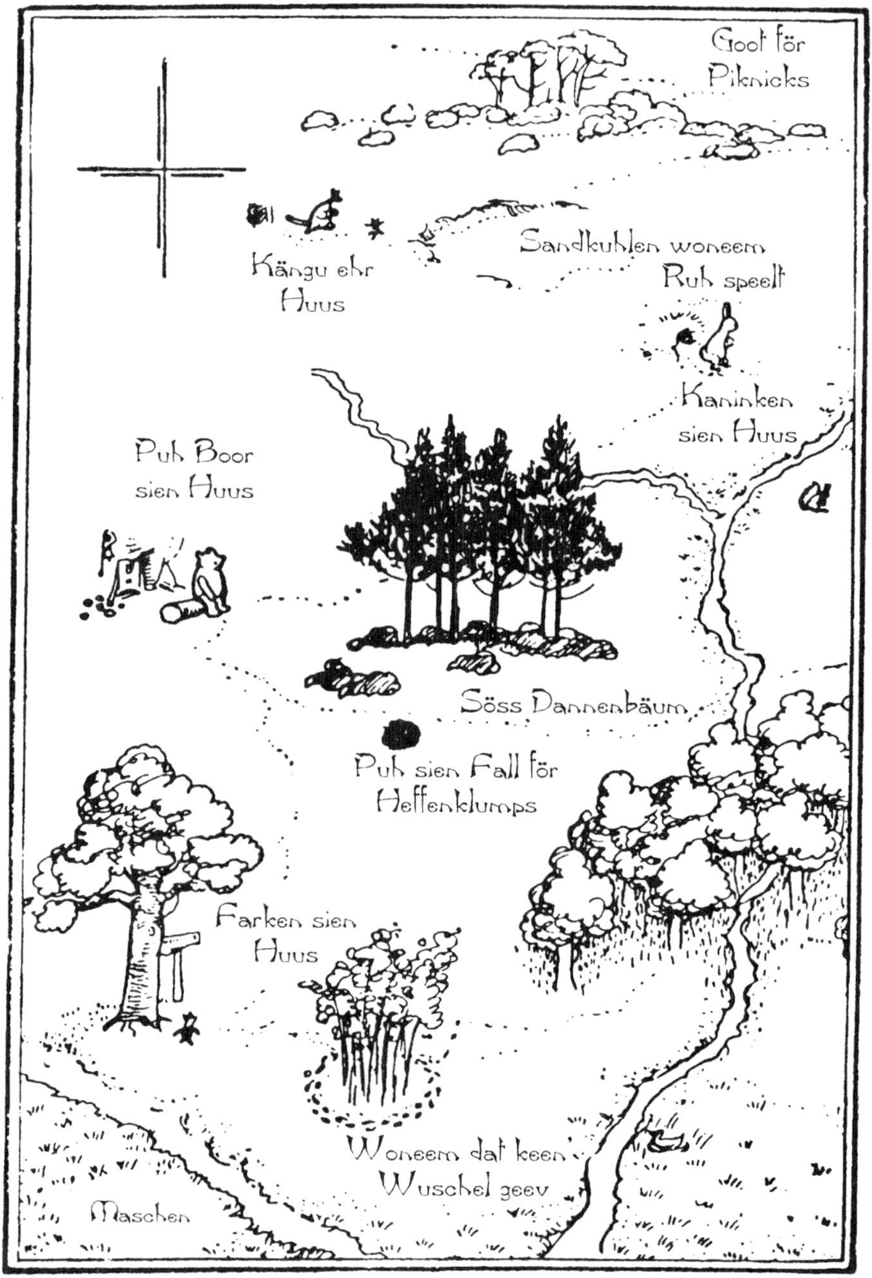
Goot för
Piknicks
Sandkuhlen woneem
Ruh speelt
Kängu ehr
Huus
Kaninken
sien Huus
Puh Boor
sien Huus
Söss Dannenbäum
Puh sien Fall för
Heffenklumps
Farken sien
Huus
Woneem dat keen
Wuschel geev
Maschen

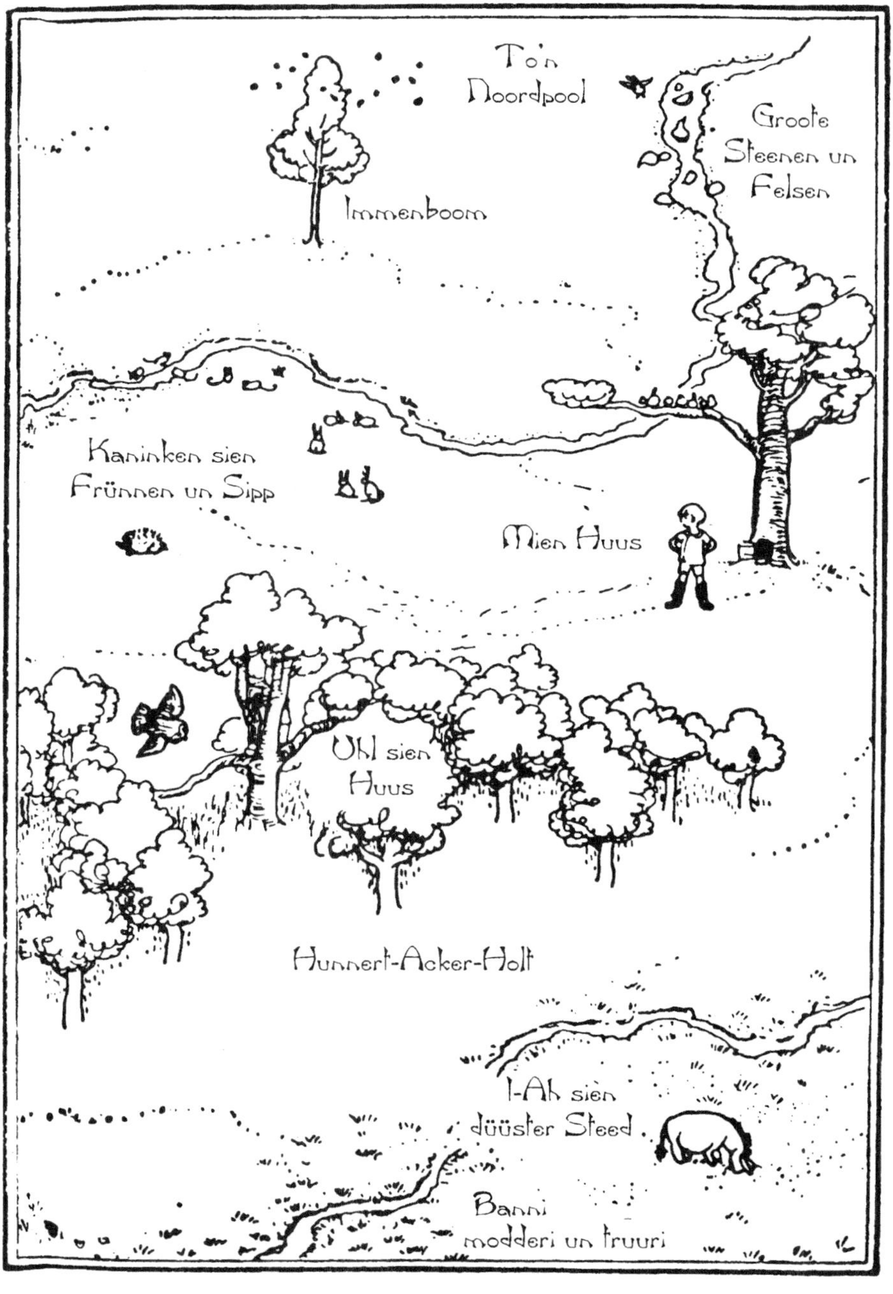

To'n
Noordpool
Groote
Steenen un
Felsen
Immenboom
Kaninken sien
Frünnen un Sipp
Mien Huus
Uhl sien
Huus
Hunnert-Acker-Holt
I-Ah sien
düüster Steed
Banni
modderi un truuri

A. A. Milne

De lütte Puh-Boor Winnie

Ut't Ingelsche noh
Plattdüütsch
överdroogen
vun Arnd Immo Richter
mit de Biller vun E. H. Shepard

verlegt bei Vitolibro

Text by A. A. Milne and line illustrations by E. H. Shepard
Copyright under the Berne Convention

Neuausgabe
© Vitolibro, Malente 2017
Umschlaggestaltung: Karen Kieback, Laboe
In Kooperation mit BoD, Norderstedt
ISBN 978-3-86940-036-5

vitolibro

– der Verlag mit dem Flieger

Weiteres finden Sie unter www.vitolibro.de

För ehr!

Wi sünd nu dor, Hand in Hand,
    Christopher Robin un ik,
Un wi leggt di düt Book op'n Schoot.
    Du seggst, du büst verboost?
    Du seggst, du hest dor Spooss an?
    Du seggst, jüst sowat hest du di wünscht?
        Jo, dat is nu dien –
        Wi beiden köönt di lieden.

BATH MAT

Woort vöörweg

Hest du tofällig mool en anner Book över Christopher Robin leest, denn weesst du amenn noch: He hett mool en Swoon hatt (mag ook ween, de Swoon hett Christopher Robin hatt, so oder ook annersrüm – ik weet dat ni miehr), un he hett den Swoon ›Puh‹ roopen. Dat liggt al lang trügg. Wi hebbt denn »Tschüüss!« seggt. Man den Noomen hebbt wi mitnohmen. Wi hebbt uns dacht: De Swoon bruukt den nu ni miehr. Jo, un nu hett Eduard Boor seggt, dat he en so'n orri dullen Noomen för sick heel alleen hebben wull. Do meen Christopher Robin fuurts un ohn' dat he veel nohdenken dee, dat is »Winnie-de-Puh«. Soans hett he denn ook heeten. Jo, nu heff ik di verkloort, wat Puh angeiht. Un nu will ik dat anner ook noch verklooren.

Een, de för poor Doog in Hamborg is, de geiht ook noh'n Tierpark. Dat gifft nu en poor Lüüd, de fangt mit den Tierpark dor an, 'neem dat loosgeiht. INGANG steiht dor. Un denn loopt se so gau, as dat man geiht, an all de Käfigs vöörbi, un mit'nmool sünd se denn bi'n lesten anlangt, un dor steiht UTGANG över. Man de heel netten Lüüd, de goht liekut noh dat Deert hen, wat se ganz besünners lieden möögt, un dor blievt se denn ook. Na, un wenn Christopher Robin nu noh'n Tierpark geiht, denn geiht he noh de Iesbooren, un he swiestert den drütten Pleeger vun links wat to, denn warrt Döören opslooten, un wi stappt döör düüster Gäng un över steile Treppen noh booben, un mit'nmool sünd wi bi'n ganz besünnern Käfig anlangt, de Käfig warrt opmookt, un dor kümmt denn wat Bruuns un

Knuddeligs ruut, un Christopher Robin röppt vull Freid: »Mien lütt Boor!« un löppt em in de Arms. Düsse Boor nu heet Winnie. Du markst, dat is en passlichen Noomen för so'n Boor. Gediegen is bloots, wi kriegt dat ni miehr kloor: hett Winnie nu sien' Noomen noh Puh kreegen oder Puh noh Winnie. Wi hebbt dat mool wüsst, man wi hebbt dat wedder vergeeten …

So wiet harr ik dat opschreeben. Do keek Farken mi an un meen mit sien Quiekstimm: »Un wat is mit mi?« – »Mien seut Farken«, heff ik seggt, »dat ganze Book hett mi di to doon!« – »Denn geiht dat üm Puh«, quiek he denn. Du markst al: Farken is niedsch un meent, Puh sall en Groote Vöörstellung heel för sick alleen kriegen. Kloor, Puh kümmt toierst, dat kann en ni afstrieden. Man ook Farken is för en Reeg Sooken goot, dor kümmt Puh ni mit. Wenn du Puh mit noh School nehmen deist, denn kriggt jeedeen dat mit. Man Farken is so lütt, dat passt in de Büksentasch. Un dat deit denn goot, wenn du dat bi di hest un du weesst ni recht, wat nu bi tweemool sööben twölf ruutkümmt oder tweeuntwinti. Af un an krabbelt he ruut un kickt mool niep in'n Blackpott, un op düsse Wies kriggt dat miehr vun de Schoolklookheit mit as Puh. Man dat is Puh egool. De een hett Grips, den annern geiht dat af, seggt he, dat is nu mool so.

Man nu meent all de annern: »Un wat is mit uns?« Dorüm is dat nu woll dat Best, wenn ik wieter niks vöörweg schrieben un mi an dat Book ranmooken doo.

A.A.M. (A.I.R.)

Wat in düt Book binn' steiht

Häuftstück I

Wi warrt künni mookt mit Winnie-de-Puh un en poor Immen, un de Geschichten fangt nu an

Hier kümmt Eduard Boor jüst de Trepp dool – *rumpel-di-pump* – op'n Achterkopp, achter Christopher Robin. Sowiet, as he sick besinnen kann, is dat de eenzigst Oort un Wies, woans he de Trepp doolkümmt. Man af un an meent he ook, dat gifft amenn noch en anner Oort, wenn he man bloots mit dat Rumpeln opheuren kunn, bloots mool för'n Oogenblick, un beeten öber nohdenken. Un denn meent he wedder, dat gifft doch niks anners. Egool, nu is he nerrn anlangt un proot, dat wi em mit di bekannt mooken köönt: Winnie-de-Puh!

As ik sien' Noomen to'n iersten Mool heurt heff, do heff ik mi seggt, jüst so, as du dat glieks seggst: »Man ik dach, dat is en Jung?!«

»Heff ik ook dacht«, sää Christopher Robin.

»Man denn kannst du doch ni ›Winnie‹ to em seggen?!«

»Doo ik jo ook ni.«

»Man du hest doch seggt – «

»Dat is Winnie-*därr*-Puh. Weest du ni, wat *de* bedüüden deit?«

»Kloor, kloor, nu weet ik dat«, sää ik gau; un ik meen, du weesst dat nu ook. Un op en anner Oort warrt di dat nu mool ni verkloort.

Af un an mag Winnie-de-Puh giern dat een oder anner speelen, wenn he doolkümmt. Man annermool sitt he ook giern still vöör'n Ooben un lüüstert to, wenn en Geschicht vertellt warrt. An düssen Obend …

»Wat is mit'n lütte Geschicht?« freug Christopher Robin.

»Jo, wat *is* nu mit'n lütte Geschicht?« freug ik trügg.

»Büst du so goot un vertellst Winnie-de-Puh en Geschicht?«

»Ik meen, dat lett sick mooken«, sää ik. »Wat för'n Geschicht mag he denn giern heuren?«

»Wat över sick sülm. He is nu mool so'n Boor.«

»Jo, ik verstoh.«

»Büst du nu so goot un nett?«

»Ik warr mi Meuh geeben«, sää ik.

Dorüm geev ik mi nu Meuh.

Dat liggt nu al lang, lang trügg, weur so üm un bi lesten Freedag, do hett Winnie-de-Puh heel alleen in't Holt wohnt, un twoors ünner den Noomen Sander.

(»Wat hett dat to bedüüden: ›ünner den Noomen‹?« hett Christopher Robin froogt.

»Dat meent, dor stünn de Noom in güllen Bookstobens över de Döör, un he hett dor ünner wohnt.«

»Winnie-de-Puh wüss dat woll ni so niep un nau«, sää Christopher Robin.

»Man nu weet ik dat«, sää en Gnurrstimm.

»Denn vertell ik nu wieter«, sää ik.)

Eenmool, do is he so rümspazeert, un he keum an en lichte Steed merrn in't Holt, un in de Merrn vun düsse Steed, dor stünn en grooten Eekboom, un vun den sien' Topp kunnst du dat düüdli summen heuren.

Winnie-de-Puh güng nerrn den Boom sitten, hool den Kopp mang sien Pooten un wull nohdenken.

Vöörweg sää he bi sick sülm: »Dat Summen hett wat to bedüüden. Sowat gifft dat gor ni: so'n Summen, eenfach so summ-summ, un dat hett niks to bedüüden. Wenn dat nu so'n Summen geeben deit, denn is dor ook een', de dat

Summen mookt, un *ik* meen, dat gifft bloots een' eenzigen Grund för so'n Summen: du büst en Imm.«

Denn müss he nochmool en lang Tiet nohdenken, un sää: »Un de eenzigst Grund dor för, dat du en Imm büst, meen ik, is Honni mooken.«

Denn stünn he op un sää: »Un de eenzigst Grund dor för, dat en Honni mooken deit, is, dat *ik* em eeten kann.« Dorüm kladder he nu rop op'n Boom.

He
kladder,
un
he
kladder,
un
he
kladder,
un
bi'n
Kladdern,
do
hett
he
för
sick
sülm
en
lütt
Leed
sungen.
Dat
güng
nu
so:

Is dat ni sünnerbor,
Dat Honni mag de Boor?
Summ! Summm! Summm!
Ik froog mi bloots, worum?

Un denn kladder he noch wieter … un noch en beeten wieter … un denn nochmool en lütt beeten wieter. To düsse Tiet is em denn noch en anner Leed infullen.

Gediegen, weuren de Booren Immen,
Denn bruuken se ni noh booben klimmen.
Man weuren de Immen nu de Booren,
Denn kunnen se sick nerren klooren.

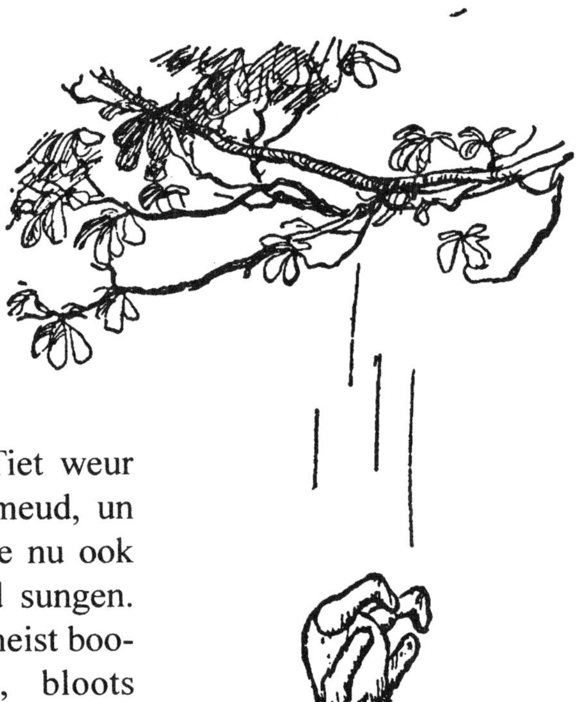

To düsse Tiet weur he al banni meud, un dorüm hett he nu ook en Kloogleed sungen. He weur nu meist booben anlangt, bloots noch op düssen Telgen dor …

Kracks!

»To Hölp!« sää Puh, as he op den Telgen dree Meeters wieter nerrn full.

»Harr ik man bloots ni – «, meen he, as sööben Meeters deeper op'n annern Telgen plumpsen dee.

»Du sühst, wat ik *eegens* wull«, verkloor he, as he koppheister op noch 'n annern Telgen teihn Meeters wieter dool krachen dee, »wat ik *eegens* wull – «

»Kloor, dat *hett* en beeten – «, geev he to, as he banni gau döör söss anner Telgens sliddern dee.

»All dat kümmt, meen ik«, hett he bi sick sülm beslooten, as he den lesten Telgen tschüüss seggt harr, dreih sick dreemool rund un seil dool in'n Stickelbroombusch, »all dat kümmt dor vun, dat en Honni so banni lieden mag. To Hölp!«

He krabbel ruut ut'n Stickelbroombusch, wisch sick de Stickels vun de Nees un füng wedder an mit' Nohdenken. Opierst keum em Christopher Robin in'n Sinn.

(»Nee, dat weur ik?« sää Christopher Robin mit en trügghöllern Stimm, un kunn dat meist ni gläuben.

»Jo, dat hest du ween.«

Do sää Christopher Robin niks to. Man he kreeg jümmer grötter Oogen, un sien Snuut trock jümmer miehr Klöör.)

Dorüm hett Winnie-de-Puh nu sien' Fründ Christopher Robin besöcht, de wohn achter en greun Döör in en anner Kant vun't Holt.

»En go'en Morgen, Christopher Robin«, sää he.

»En go'en Morgen ook, Winnie-*därr*-Puh«, hest du seggt.

»Ik froog mi: Hest du amenn sowat as'n Ballon bi di?«

»'n Ballon?«

»Jo, ik bün hier jüst so längs koomen un sää to mi sülm: ›Ik froog mi, wat Christopher Robin woll sowat as'n Ballon bi sick hett?‹ Ik heff dat jüst so to mi sülm seggt. Ik müss jüst an Ballons denken un heff mi dat bloots so froogt.«

»Wat wullt du mit'n Ballon?« hest du seggt.

Winne-de-Puh keek eenmool rund. He seeg, dat nüms toheuren kunn. Denn trock he sien Poot an de Snuut un sää mit'n deep Swiesterstimm: *»Honni!«*

»Man mit Ballons kriggst du nie nich Honni!«

»*Ik* woll«, sää Puh.

Jo, un tofallswies harrst du jüst düssen Dag op'n lütt Fest in dien' Fründ Farken sien Huus ween, un dor hett dat Ballons geeben. Du hest dor en grooten, greunen Ballon kreegen; un een vun Kaninken sien Sippschop hett en grooten blaagen kreegen, em man ni mitnohmen – hett noch en beeten to lütt ween för so'n Fest; un dorüm kunnst du nu en greunen *un* ook noch en blaagen mit tohuus nehmen.

»Wat för een' wullt du hebben?« hest du Puh froogt.

De nu hool sien' Kopp mang sien Pooten un dach banni niep noh.

»Düssen dor«, sää he. »Kiek, wenn du mit'n Ballon achter den Honni ran büst, denn drööft de Immen üm niks in de Welt marken, dat du kümmst. Hest du nu en greunen Ballon, denn meent se amenn, du büst bloots en Deel vun'n Boom, un se markt niks, un wenn du en blaagen Ballon hest, denn meent se amenn, du büst bloots en Deel vun'n Heeben, un se markt ook niks. De Froog is man bloots: Wat is nu woll wohrschienlicher?«

»Un du meenst ni, dat se *di* dor nerrn den Ballon wohr warrn?«

»Villicht, man villicht ook ni«, sää Winnie-de-Puh. »Bi de Immen weesst du nie nich Bescheed.« He dach en Oogenblick noh, denn sää he: »Ik doo mool so, as weur ik en lütte swatte Wulk. Denn goht se biester.«

»Denn lang di man leeber den blaagen Ballon«, hest du seggt; un dat wörr denn ook so beslooten.

Jo, ji beiden sünd denn mit den blaagen Ballon ruut, un du hest dien Scheetgewehr mitnohmen, so as jümmers – kannst jo ni weeten –, un Winnie-de-Puh, de wüss en Modderpütt, dor güng he hen, un dor wölter un wölter he denn in rüm, oplest weur he swatt vun Kopp bit Feut; un as de Ballon denn oppüüstert weur, so groot, as dat man geiht, un du un Puh de Stripp fasthooln hebbt, do hest du mit'nmool

looslooten, un Puh Boor seil smeedsch noh'n Heeben, un dor bleev he denn – op de Höögd vun'n Boomtopp, man sööben Meeter dor vun weg.

»Hurra!« hest du roopen.

»Is dat ni scheun?« hett Winnie-de-Puh noh di rünner roopen. »Woans seh ik nu ut?«

»Du sühst ut as'n Boor, de sick an'n Ballon fasthoolen deit«, hest du seggt.

»Un ni – «, sää Puh bedrüppelt, » – un ni as en lütte swatte Wulk an'n blaagen Heeben?«

»Eegens ni so recht.«

»Na, villicht süht dat vun hier booben anners ut. Un, as ik segg, bi de Immen weesst du nie nich Bescheed.«

Dat geev dor nu keen' Wind, de em beeten neeger ranbloosen dee an'n Boom. Dorüm bleev he dor. Den Honni kunn he sehn, he kunn em ook rüüken, man he keum jo ni dicht noog ran an'n Honni.

Noh'n lütte Wiel hett he wedder wat noh di rünner roopen.

»Christopher Robin!« swiester he luut.

»Hallo, du dor booben!«

»Ik meen, de Immen sünd al beeten *schuulsch*!«

»Wat hebbt se denn markt?«

»Dat weet ik ni. Man dor is wat, dat seggt mi: Se sünd al *schuulsch*!«

»Mag jo ween, se meent, du büst achter ehrn Honni ran.«

»Mag angohn. Bi de Immen weesst du nie nich Bescheed.«

Nu geev dat nochmool en lütte Wiel Roh, un denn hett he' wedder wat noh di rünner roopen.

»Christopher Robin!«

»Jo, wat is?«

»Hest du en Scheerm bi di tohuus?«

»Wohrschiens.«

»Dat weur goot, wenn du em noh hier buuten bringen un denn mit em hier op- un wedder doolloopen kunnst, un denn af un an mool noh mi ropkieken un seggen: ›Ohauaha! Dat rüükt di jo banni noh Reegen!‹ Ik meen, wenn du dat deist, den hölpt dat amenn beeten mit, dat sick de Immen verbiestern doot.«

Na, du hest denn so'n beeten bi di sülm smuustergrient: »Wat büst mi bloots för'n Döös-Boortel!«, man du hest dat ni luut seggt, du magst em jo so giern, un dorüm büst du denn ook bihuus gohn vun weegen den Scheerm.

»Na, dor büst du jo wedder!« hett Winnie-de-Puh noh di doolroopen, as du wedder trügg weurst bi'n Boom. »Ik harr al beeten Bammel in de Büks. Ik heff markt, dat de Immen nu wiss un worrafti schuulsch sünd.«

»Sall ik mien' Scheerm nu al opmooken?« hest du seggt.

»Jo, man teuv noch en lütten Oogenblick. Wi mööt dat mit Plie mooken. Opierst mutt sick de Keunigsimm ver-

biestern. Kannst du dat vun dor nerrn ut ruutkriegen, wokeen vun jüm de Keunigsimm is?«

»Nee, geiht ni.«

Du büst dor nu op- un ook wedder doolloopen un hest di froogt: »Warrt dat nu woll reegen?« Wieldess hett Winnie-de-Puh düt Leed sungen:

Wo scheun, ik bün en Wulk
Booben in dat Blaag!
Elkeen lütte Wulk
Singt *meist* as en Swulk:

»Wo scheun, ik bün en Wulk
Booben in dat Blaag!«
Wat heff ik för Erfulg
As so en lütte Wulk.

De Immen hebbt noch jümmers so schuulsch summt as vöördem ook. En poor sünd nu sogor ruut ut ehrn Nest un floogen rund üm de Wulk, as se mit de tweete Strooph vun ehr Leed anfangen dee, un een vun de Immen sett sick för'n Oogenblick op de Nees vun de Wulk, man is denn ook wedder af.

»Christopher – *autsch!* – Robin«, hett de Wulk roopen.

»Jo, wat is?«

»Ik heff jüst en beeten nohdacht, un ik heff bi mi sülm wat beslooten, wat för mi ganz wichti is. *Dat is de verkiehrte Oort vun Immen.*«

»Meenst' dat?«

»Jo, dat is en ganz verkiehrte Oort. Wohrschiens mookt de ook de verkiehrte Oort vun Honni, gläuv ik.«

»Meenst' dat?«

»Jo, dat meen ik. Un dorüm sall ik nu woll ook wedder dool.«

»Un woans wullt du dat mooken?« hest du froogt.

Winnie-de-Puh harr dor ni veel öber nohdacht. De Stripp looslooten, denn müss he – *bums* – doolfallen, man dat kunn he sick ni so recht vöörstellen. Dorüm dach he en ganze Tiet noh, un denn sää he:

»Christopher Robin, du sasst den Ballon mit dien Scheetgewehr afscheeten. Hest du dien Scheetgewehr mit bi?«

»Kloor«, hest du seggt. »Man wenn ik dat doo, denn is dien Ballon twei«, hest du seggt.

»Man wenn du dat ni deist«, sää Puh, »denn mutt ik looslooten, un dor goh ik denn bi twei.«

Wenn en sick de Sook op düsse Wies ankieken dee, denn weur dat kloor, un du hest akroot op den Ballon anleggt un afdrückt.

»*Autsch!*«, sää Puh.

»Heff ik ni droopen?« hest du froogt.

»*Droopen* hest du«, sää Puh, »man du hest ni den *Ballon* droopen.«

»Dat deit mi leed«, hest du seggt, un du hest nochmool afdrückt, un dütmool hest du den Ballon ook droopen, un de Luft süüsel sacht ruut, un Winnie-de-Puh seil dool op de Ier.

Man sien Arms weuren ganz stief. He müss jo de heele Tiet de Stripp vun'n Ballon hoolen. Dorüm müss he jüm noch miehr as een Week lang hoog hoolen, un jümmers, wenn dor so'n Fleeg keum un sick op sien Nees setten dee, denn müss he se wegbloosen. Un ik meen – man ik bün mi dor ni so heel seeker bi –, *dat* is ook de Grund, worüm he jümmers Puh roopen warrt.

»Is de Geschicht nu fardi?« hett Christopher Robin froogt.

»Jo, düsse Geschicht is nu fardi. Man dat gifft noch en poor anner Geschichten.«

»Vun Puh un Mi?«

»Un vun Farken un Kaninken un vun ju alltohoop. Kannst du di dor ni op besinnen?«

»Doch, dor kann ik mi op besinnen, man wenn ik mi dor op besinnen will, denn vergeet ik dat ook wedder.«

»Dat Mool, as Puh un Farken den Heffenklump fangen wullen – «

»Man se hebbt em ni fungen, oder?«

»Nee.«

»Puh kunn dat ni, he hett jo keen' Breegen ni. Heff *ik* em fungen?«

»Teuv, dat kümmt denn in de Geschicht.«

Do hett Christopher Robin nickköppt.

»Dor kann ik mi op besinnen«, sää he, »man bloots Puh ni so recht, dorüm hett he dat ook so giern, wenn em dat nu nochmool vertellt warrt. Denn is dat ook en rechte Geschicht un ni bloots wat, op dat'n sick besinnen deit.«

»Dat meen *ik* ook«, heff ik seggt.

Christopher Robin hett do deep süüfzt, lang sick sien' Boor bi't Been, treck em achter sick ran un güng noh de Döör. Bi de Döör, dor dreih he sick nochmool üm un sää: »Wullt du tokieken, wenn ik booden doo?«

»Villicht«, sää ik.

»Ik heff em ni weh doon, as ik em dor afscheeten harr, oder?«

»Nee, wiss un worrafti ni.«

He nickköpp un güng ruut, un denn heur ik ook glieks wedder Winnie-de-Puh, as he – *rumpel-di-pump* – achter em de Trepp noh booben güng.

Häuftstück II

Puh geiht op Beseuk un langt bi en drange Steed an

Eduard Boor, för sien Frünnen ook Winnie-de-Puh oder ook bloots Puh, is mool döör dat Holt loopen un brummel stolt wat vöör sick hen. He harr sick en lütt Brummleed utdacht, as he düssen Morgen bi'n Freuhsport in'n Speegel keek: *Tra-la-la, tra-la-la,* un dor reck un

streck he sick bi so hoog, as dat man güng, un denn *tra-la-la – oh, Mann! – la,* as he noh sien Tehens langen wull. Noh't Freuhstück hett he dat wedder un wedder vöör sick hen brabbelt, bit he dat amenn buutenkopps wüss, un denn hett he dat ohn' sick to verheddern vun vöörn bit achtern henbrummelt. Dat güng nu so:

Tra-la-la, tra-la-la,
Tra-la-la, tra-la-la,
Rum-dum-diedel-um-dum.
Diedel-liedel, diedel-liedel,
Diedel-liedel, diedel-liedel,
Rum-dum-dum-diedel-um.

Na, he brummel nu düt Brummelleed so vöör sick hen, güng vull Freid sien' Weg un freug sick, wat all de annern nu woll jüst so to beschicken harrn, un woans em woll tomoot weur, wenn he en anner weur, do keum he mit'nmool an en Weihsanddüün, un in de Düün weur en groot Lock.

»Aha!« sää Puh. *(Rum-dum-diedel-um-dum.)* »Wenn ik öberhaupt lütt beeten wat begriepen doo, denn hett düt Lock wat mit Kaninkens to kriegen«, sää he, »un Kaninkens, de hebbt wat mit Mit'nanner to kriegen«, sää he, »un Mit'nanner hett wat mit Eeten un Heur-mi-mool-beeten-to-bi-mien-Brummelleed to kriegen un all sowat. *Rum-dum-dum-diedel-um.«*

He boog sick dool un steek sien' Kopp in dat Lock rin un reup:

»Is dor een tohuus?«

Mit'nmool heur dat sick so an, as dee dor binn' in't Lock een mit de Feut schroopen, man denn geev dat wedder Roh.

»Ik heff jüst seggt: ›Is dor een tohuus?‹«, hett Puh nu banni luut roopen.

»Nee!« sää en Stimm; un se sää denn noch achteran: »Du bruukst gor ni so luut bölken. Ik heff di ook dat ierst Mool al goot heurt.«

»Schiet ook!« sää Puh. »Is denn nu worrafti nüms dor?«

»Nee, nüms.«

Winnie-de-Puh trock sien' Kopp wedder ruut ut' Lock, dach lütt beeten noh un meen bi sick sülm: »Dat mutt dor doch wen geeben, dor hett doch wen ›Nüms‹ *seggt.«* Dorüm steek he sien' Kopp wedder in dat Lock rin un sää:

»Hallo, Kaninken, büst du dat?«

»Nee«, sää Kaninken, man dütmool lett de Stimm en beeten anners.

»Man dat is doch Kaninken sien Stimm?«

»Dat *gläuv* ik ni«, sää Kaninken. »Dat *sall* ook ni Kaninken sien Stimm ween.«

»Ach!« sää Puh.

He trock sien' Kopp wedder ruut ut' Lock un dach wedder noh, un denn steek he em wedder rin un sää:

»Na, büst du nu mool so goot un vertellst mi, woneem Kaninken denn afbleeben is?«

»De is weg un will sien' Fründ Puh Boor beseuken, dat is een vun sien' gooden Frünnen.«

»Man dat *bün* doch Ik!« sää Boor, un weur heel verboost.

»Wat för en Ik?«

»Puh Boor.«

»Büst du di dor ook seeker bi?« sää Kaninken, noch 'n beeten miehr verboost.

»Seeker as man een«, sää Puh.

»Na, denn kumm man rin.«

Puh hett sick nu in dat Lock rindrückt, wrangel sick döör, un amenn weur he ganz binn‘.

»Du hest recht«, sää Kaninken un keek em vun booben bit nerrn an. »Dat *büst* du. Ik frei mi dor to, dat du dor büst.«

»Wat hest du dann dacht?«

»Na, ik weur mi dor ni so seeker bi. Du weesst Bescheed, woans dat so is in't Holt. Du kannst ni *jeedweeden'* in dien Huus rinlooten. Du sasst di *in acht nehmen.* Wullt du wat to eeten hebben?«

Puh kreeg jümmers giern beeten wat in de Moog so üm un bi Klock ölben in de Freuh, un he frei sick dor to, as he seeg, dat Kaninken Töllers un ook Mucks ruutkreeg; un as Kaninken denn sää: »Honni oder Doosenmelk för dien Broot?«, do weur he ganz hibbeli un sää: »Dat een un ook dat anner«, un denn – he wull sick jo ni freetsch geeben – sää he noch achteran: »Man dat Brood, dat mutt eegens ni sien.« Un denn sää he en lang Tiet gor niks … man oplest brummel he mit en teemli backsi Stimm, stünn op, drück Kaninken ganz seut de Poot un sää, he müss nu wieter.

»Is dat wohr?« freug Kaninken, as'n dat nu mool so deit.

»Na«, sää Puh, »ik kunn jo noch beeten blieben, harrst – harrst du – «, un he keek banni niep noh de Richt vun de Spieskomer.

»Tofallswies«, sää Kaninken, »wull ik sülm ook jüst weg.«

»Na, wenn dat so is, denn mook ik mi ook op'n Padd. Tschüüss denn ook.«

»Jo, tschüüss denn, un du büst di heel seeker, dat du niks miehr hebben wullt?«

»*Gifft* dat denn noch beeten wat?« freug Puh do op'n Stutz.

Kaninken hett denn de Deckels vun de Schötteln afnohmen un sää: »Nee, dat gifft niks miehr.«

»Heff ik mi dacht«, sää Puh un nickköpp dor to.

»Na denn, tschüüss. Ik warr mi nu op'n Padd mooken.«

Denn hett he sick dor ranmookt, un wull wedder ut dat Lock ruut kruupen. He trock mit sien Vöörpootens, un denn drück he mit sien Achterpootens noh, un noh'n lütte Weil harr he sien Nees wedder buuten ... un denn sien Ohren ... un denn sien Vöörpootens ... un denn sien Schullern ... un denn –

»To Hölp!« sää Puh. »Ik treck mi beeter wedder trügg.«

»Wat'n Schiet!« sää Puh. »Ik mutt wietermooken.«

»Dat een geiht ni un ook ni dat anner!« sää Puh. »To Hölp *un* Schiet ook!«

To düsse Tiet wull jo ook Kaninken op Spazeertuur, man nu weur de Vöördöör jo dicht. Dorüm is Kaninken bi de

Achterdöör ruut un keum denn achterüm noh Puh un keek em an.

»Na, sittst du dor fast?«

»Nö-nöö«, sää Puh so, as weur rein niks. »Ik mook jüst en lütte Paus un denk noh öber düt un dat un brummel eenfach so'n Leed vöör mi hen.«

»So, nu giff mi mool dien Poot.«

Puh Boor reck sien een Poot noh vöörn, un Kaninken trock un trock un trock …

»Autsch!« schreeg Puh. »Du deist mi weh!«

»Dat is nu mool so«, sää Kaninken, »du sittst fast.«

»All dat kümmt vun dat«, sää Puh dorwedder, »dat' Lüüd geeben deit, de veel to lütte Huusdören hebbt.«

»All dat kümmt vun dat«, sää Kaninken dreug, »dat' Lüüd geeben deit, de veel to veel in sick rinproppen doot. Ik dach al lang«, sää Kaninken, »man dunn wull ik dat noch ni seggen«, sää Kaninken, »dat een vun uns' beiden to veel eeten deit«, sää Kaninken, »un ik wüss, dat bün ni *ik*«, sää Kaninken. »Na, ik mook mi nu mool op'n Padd un bring Christopher Robin längs.«

Christopher Robin leev in de anner Kant vun't Holt, un Kaninken keum trügg mit em, un he seeg ook de bööverste Hälft vun Puh un sää: »Stakkel oolt Boor.« Man he sää dat op so'n seute Oort, dat bi jüm alltohoop wedder Häupen opkeum.

»Mi is jüst infullen«, sää Boor, un he snüffel dor beeten bi, »Kaninken kümmt amenn jo nie nich wedder bi de Vöördöör rin. Un dat *gefallt* mi *ganz un gor ni*«, sää he.

»Mi gefallt dat ook ni«, sää Kaninken.

»Dat Kaninken nie nich wedder bi sien Vöördöör rinkümmt?«, sää Christopher Robin. »Kloor sall Kaninken wedder bi sien Vöördöör rin.«

»Fein«, sää Kaninken.

»Wenn wi di nu ni ruuttrecken köönt, Puh, denn köönt wi di amenn wedder trüggsteuten.« Kaninken klei sick nohdenkern an sien Boorthoren un wies dor op hen, dat – harrn se Puh mool trüggstött –, denn weur he jo wedder binn', un nüms dee sick dor miehr to freien as he, wenn he Puh wedder bi sick harr, man op de anner Siet: de een wohnt in Bäum un de anner leevt ünner de Ier un –

»Du meenst, ik koom hier *nie nich wedder* ruut?« freug Puh.

»Ik meen«, sää Kaninken, »wenn du ierstmool so wiet ruut büst, denn is dat schood optogeeben.«

Christopher Robin nickköpp dor to.

»Wat uns blifft, dat's man bloots«, sää he. »Wi mööt teuben, bit du wedder beeten spilleriger büst.«

»Wo lang duurt sowat, bit en wedder spilleri is?« freug Puh beeten bang.

»So üm un bi een Week, meen ik.«

»Man ik kann hier ni so för een *Week* blieben!«

»Du kannst hier woll so *blieben*, stakkel oolt Boor. Stuur is man bloots, di hier ruut to kriegen.«

»Wi wüllt di wat vöörleesen«, sää Kaninken vull Freid. »Un ik will häupen, dat' keen Snee ni geeben deit«, sää he noch achteran. »Un ik will di mool wat seggen, mien Jung, du bruukst banni veel Platz in mien Huus – *hest* du dor wat geegen, wenn ik dien Achterbeenen as Dookdreuger brukken doo? Ik meen: se sünd jo nu mool dor – to niks nütt –, un dat kümmt jüst mi goot topass, wenn ik dor mien Handdöökers an ophangen kann.«

»Üm un bi een Week!« sää Puh düüster. »*Un wat is mit Eeten?*«

»Deit mi leed: niks to eeten«, sää Christopher Robin, »du sasst jo so gau, as't man geiht, spilleri warrn. Man vöörleesen *wüllt* wi di wat.«

Boor füng an mit' Süüfzen, man denn hett he markt: Dat geiht gor ni, he hett dor jo veel to dull fast seeten; en Troon rull em de Billen dool, as he sää:

»Kannst du mi denn ut so'n Book vöörleesen, dat mi beeten opbuuen un tröösten deit, so'n fastkielten Boor as mi in sien groot Drangnis?«

Christopher Robin lees denn so'n Book vöör, üm un bi een Week lang, dor, woneem Puh booben ruutkieken dee,

un Kaninken

hüng sien Tüüg an’t anner End op … un merrenmang feuhl Boor, dat he jümmer miehr afnehmen dee. Un noh düsse Week sää Christopher Robin: *»Nu man to!«*

Un he hool Puh an sien Vöörpooten, un Kaninken hool Christopher Robin fast, un all de Frünnen un Sippschopslüüd vun Kaninken hoolen sick an Kaninken fast, un alltohoopen trocken se mit'nanner …

Man en ganze tietlang sää Puh bloots: *»Autsch!«* …

Un: *»Autsch!«*

Un denn mit'nmool sä he *»Plopp!«*, jüst so as so'n Proppen, de ut'n Buddel knallt.

Un Christopher Robin un Kaninken un all de Frünnen un Sippschopslüüd vun Kaninken sünd koppheister noh achtern keegelt … un Winnie-de-Puh keum boobenop to liggen – wedder frie!

He nickköpp sien Frünnen to un meuk sick wedder op'n Padd dööр dat Holt, un dor bi brummel he stolt wat för sick hen. Man Christopher Robin keek em vull Warmte noh un sää bi sick sülm: »Stakkel oolt Boor!«

Häuftstück III

Puh un Farken goht op Jagd un kriegt meist en Wuschel tofoot

Dat Farken hett in'n banni stootsch Huus wohnt in de Merrn vun en Böökboom, un de Böökboom stünn in de Merrn vun't Holt, un dat Farken hett in de Merrn vun't Huus wohnt. Dicht bi sien Huus, dor stünn en afbrooken Wiespohl, un dor stünn »Döörgang V« op schreeben. Christopher Robin hett dat Farken mool froogt: »Wat hett dat to bedüüden?« Un dat Farken sää: »Dat is de Noom vun mien' Grootvadder!«, un dat de Fomilje al lang so heeten hett. Christopher Robin sää: »Sowat gifft dat ni, dat een Döörgang V heeten deit!«, un Farken meen: »Dat geiht woll!«, sien Grootvadder hett jo soans heeten, un wat dat kott weur för Döörgang Vally, un dat weur nu wedder kott för Döörgang Valentin. Un sien Grootvadder harr twee Noomens hatt, he kunn jo mool een' verleeren – Döörgang noh een vun sien Unkels un Valentin noh Döörgang.

»Ik heff ook twee Noomens«, sää Christopher Robin so blangenbi.

»Kiek, dat is de Bewies«, sää Farken.

An en scheunen Dag in'n Winter – Farken weur vöör sien Huus jüst mit' Sneeschippen in de Gangen –, do keek he tofallswies noh booben, un dor weur mit'nmool Winnie-

de-Puh. Puh leep dor jümmers in'n Kring rüm un dach an heel wat anners, un as Farken em wat toroopen dee, do is he eenfach wieterloopen.

»Hallo!« sää Farken, »wat mookst *du* dann dor?«

»Ik bün op Jagd«, sää Puh.

»Wat joogst du dor?«

»Ik bün achter en Spoor ran«, sää Winnie-de-Puh ganz in't Geheem.

»Achter wat för'n Spoor?« sää Farken un keum wat neeger.

»Dat's jüst dat, wat ik mi sülm froogen doo. Ik froog mi: Wat för een?«

»Un wat meenst du, warrst du di dor op antern?«

»Ik mutt so lang teuben, bit ik dat inkriegen doo«, sää Winnie-de-Puh. »Kiek mool dor.« He wies op en Flach jüst vöör sien Feut. »Wat sühst du dor?«

»Spooren«, sää Farken. »Afdrück vun Pootens.« He keum in Roosch un hett beeten quiekt. »Mann, Puh! Meenst du, dat is en – en – en Wuschel?«

»Mag angohn«, sää Puh. »Villicht is dat een, man villicht ook ni. Bi Afdrück vun Pootens weesst du nie nich Bescheed.«

Noh düsse poor Wöör hett he denn wieter noh Spooren söcht, un Farken keek em noch een, twee Minuten achteran, man denn is he em nohloopen. Winnie-de-Puh bleev mit'nmool stohn, un boog sick heel verboost över de Spooren.

»Wat is loos?« freug Farken.

»Dat is di banni gediegen«, sää Boor. »Man dat sünd nu schiens twee Beesters. To dat een – wat ook jümmers dat för een weur – is noch en anner bikoomen – wat ook jümmers dat nu för een is –, un de beiden loopt nu blangenanner. Magst du ni mit mi loopen, Farken, mag ween, dat sünd unfründliche Beesters!«

Farken klei sick vull Anmoot achter't Ohr un sää: »Ik heff bit Freedag niks to beschicken!« un dee sick dor banni to freien, mag jo ween, dat dreiht sick *worrafti* üm en Wuschel.

»Du meenst, wenn sick dat worrafti üm twee Wuschels dreiht«, sää Winnie-de-Puh, un Farken sää: »Ik heff so un so bit Freedag niks to beschicken!« Denn sünd se mit'nanner loosloopen.

Jüst dor geev dat en lütt Lärkenkratt, un dat lett, as harrn de beiden Wuschels, vöörutsett, dat harrn ook worrafti Wuschels ween, en Kring üm dütt Kratt mookt; dorüm sünd nu ook Puh un Farken achter jüm üm dat Kratt rümloopen. Farken hett sick de Tiet afkött un vertell Puh, wat sien Grootvadder Döörgang V noh dat Spoorenseuken allns mookt harr, de stiefen Knookens wedder smeedsch to kriegen, un wat sien Grootvadder Döörgang V keen Puust ni miehr kriegen dee, un all so'n interssanten Kroom. Un Puh wunner sick, woans so'n Grootvadder utseeg un wat se ni amenn achter twee Grootvadders ran weuren, un wat se woll, harr dat so ween, een' vun de beiden mit tohuus nehmen un behoolen kunnen, un wat Christopher Robin dor woll to seggen dee. Un de Spooren güngen jüm all de Tiet vööruut …

Mit'nmool stünn Winnie-de-Puh still un wies hiddeli vöör sick hen.

»Kiek mool dor!«

»Wat is?« sää Farken un jump in de Luft. Man denn wull he wiesen, dat he keen' Bammel harr, un he jump op un wedder dool, eenmool, tweemool, so as wenn een Freuhsport mooken deit.

»De Spooren!« sää Puh. *»Dor is nu noch en drütt Deert blangen de beiden annern!«*

»Puh!« reup Farken. »Meenst du, dat is noch'n Wuschel?«

»Nee«, sää Puh, »dat mookt anner Afdrück. Dat sünd villicht twee Wuschels un, mag ween, een Wischel, oder, mag ook ween, twee Wischels un een Wuschel, wenn dat sick soans verhöllt. Wi wüllts jüm eenfach wieter nohloopen.«

Se sünd denn jo ook wieterloopen, man nu mit so'n lütt beeten Bang in de Büks, mag jo ween, düsse dree Beesters vööruut harrn keen fründli Afsicht. Un Farken wüss jo gor to giern sien' Grootvadder bi sick un ni annerweegens, un Puh dach, wo scheun dat weur, wenn jüm Christopher Robin mit'nmool, man heel tofallswies, kloor, in de Meut loopen dee un ook bloots weegen dat he Christopher Robin so goot lieden kunn. Un denn, mit'nmool, stünn Winnie-de-Puh wedder still, un he lick sick de Snuut af. He wull ehr beeten afkeuhlen. Em is sien Leevdag noch nie nich so hitt un bang ween. *Nu weuren dat veer Beesters jüm vööruut.*

»Sühst du dat, Farken? Kiek di jümehr Afdrück an! Mag ween, dree Wuschels un, mag ook ween, een Wischel. *Nu hett sick jüm noch en Wuschel anslooten!«*

Un jüst so seeg dat ut. Dor weuren de Spooren; dwars öber'nanner un mit'nanner vermengeleert; man af un an ganz kloor de Pootenspooren vun veer Deerten.

»Ik *meen*«, sää Farken, nohdem dat ook he sien Snuut aflickt un mark harr: »Dat bringt meist niks! Ik *meen*, dat ik mi jüst op wat besinnen doo. Ik kann mi jüst op wat besinnen, wat ik güstern doon wull un vergeeten harr, man wat ik morgen ni beschicken kann. Ik meen, ik sall trügg-gohn un dat noch vundoog beschicken.«

»Wi wüllt dat hüüt nohmeddag mooken, un ik goh denn ook mit di mit«, sää Puh.

»Man dat is niks, wat'n an'n Nohmeddag beschicken kann«, sää Farken nu gau. »Dat is en Sook för den Morgen. Sowat kann'n bloots an'n Morgen beschicken, un, wenn dat geiht, twüschen – Wat meenst du, wat seggt jüst de Klock?«

»So üm un bi Klock twölf«, sää Winnie-de-Puh un keek noh de Sünn.

»As ik seggt heff: twüschen Klock twölf un fief noh twölf. Dorüm, mien leeve Puh, wees so goot, un süh mi dat noh – *Man wat's dat?*«

Puh keek noh booben, noh'n Heeben, un denn, as he dat Fleiten nochmool heurt harr, in de Telgens vun so'n grooten Eekboom, un denn wörr he een' vun sien Frünnen wies.

»Dat is Christopher Robin«, see he.

»Na, denn is för di jo allns kloor«, sää Farken. »Mit *em* kannst du di heel seeker feuhlen. Tschüüss«, un he neih ut so gau, as dat man güng, un frei sick dor unbanni to, dat he all düsse Gefohren nu quitt weur.

Christopher Robin keum suutje dool vun sien' Boom.

»Stakkel oolt Boor«, sää he, »wat *hest* du nu wedder mookt? Opierst büst du alleen tweemool rund üm dat Kratt

loopen, un denn is di Farken nohloopen, un ji beiden sünd nochmool rund loopen, un nu weuren ji jüst dor mit in de Gangen, dat veerte Mool rund to loopen – «

»Nu teuv mool«, sää Winnie-de-Puh, un hool sien Poot noh booben.

He güng sitten un dach noh, so nohdenkern, as he man kunn. Denn pass he sien Poot in een vun de Spooren rin … un he klei sick tweemool an sien Nees un stünn denn op.

»Jo«, sää Winnie-de-Puh.

»Nu geiht mi dat op«, sää Winnie-de-Puh.

»Ik bün jo dumm un döösi«, sää he, »un ik bün en Boor mit Banni Lütten Grips.«

»Du büst de Best Boor vun de Ganze Welt«, begeusch em Christopher Robin.

»Is dat wohr?« sää Puh un kreeg wedder Moot. Un denn strohl he mit'nmool.

»Wat ook jümmers«, sää he, »dat is nu meist Tiet för't Middageeten.«

Dorüm is he denn ook noh Huus loopen.

Häufstück IV

I-Ah kümmt en Steert afhannen, un Puh findt een'

De oole griese Esel, I-Ah, stünn heel alleen in en Kant vun't Holt mit veel Diesteln, sien Vöörfeut ut'neen, den Kopp tosiet, un he dach noh öber düt un dat. Eenmool dach he truuri bi sick sülm: »Worüm?«, un dat anner Mool dach he: »To wat?«, un noch en anner Mool dach he: »Wo wiet nu eegens?« – un männigmool wüss he gor ni so recht, *wat* he nu eegens denken dee. Eenmool stapp Winnie-de-Puh mool bi em längs, un do hett I-Ah sick banni to freit, dat he nu mool för'n lütten Oogenblick ni wieter nohdenken müss un dröösteertsch to Puh seggen kunn: »Wo geiht di dat?«

»Un woans geiht di dat?« sää Winnie-de-Puh.

I-Ah schüddköpp vun een Siet noh de anner.

»Geiht mi ni so dull woans«, sää he. »Mi dücht, ik heff mi al siet'n lang Tiet ni miehr woans feuhlt.«

»Mann-oh-Mann«, sää Puh, »dat deit mi leed. Loot di mool ankieken.«

I-Ah stünn denn dor un plier truuri noh nerrn, un Winnie-de-Puh güng eenmool üm em rüm.

»Segg mi mool: Wat is mit dien' Steert passeert?« sää he verboost.

»Wat *is* mit em passeert?« sää I-Ah.

»De is weg!«

»Büst du dor seeker?«

»Na, en Steert *is* dor, oder he is ni dor. Dor gifft dat keen' Twiefel bi. Un dien *is nich* dor!«

»Un wat is dor?«

»Rein niks.«

»Loot mi mool kieken«, sää I-Ah, un he dreih sick ganz suutje noh de Steed, 'neem de Steert noch körtens ween hett, man denn wörr he wies, dat he em soans ni foot kriegen kunn, un he dreih sick nu annersrüm, un lang amenn wedder dor an, woneem he opierst al ween hett, un denn hool he sien' Kopp mang sien Vöörbeenen, un oplest sää he, lang un truuri süüfzen: »Ik gläuv, du hest recht.«

»Kloor heff ik recht«, sää Puh.

»Nu geiht mi ook dat een un dat anner op«, sää I-Ah bedrüppelt. »Dat verkloort mi allns. Keen Wunner.«

»Du hest em woll eenerweegens liggenlooten«, sää Winnie-de-Puh.

»Den’ hett wen mitnohmen«, sää I-Ah.

»Soans sünd de Lüüd nu mool«, meen he noch achteran, noh en lang stillswiegen Tiet.

Puh harr dat Gefeuhl, he müss nu wat seggen, wat hölpen kunn, man he wüss ni so recht wat. Dorüm wull he nu wat doon, wat hölpen kunn.

»I-Ah«, sää he nu fie’erli, »ik, Winnie-de-Puh, ik warr dien’ Steert wedderfinnen.«

»Dank ook, Puh«, sää I-Ah. »Du büst en wohren Fründ«, sää he. »Ni so as en poor vun de annern«, sää he.

Winnie-de-Puh güng denn weg un wull I-Ah sien’ Steert finnen.

Dat hett en scheunen Freuhjohrsmorgen in’t Holt ween, as he sick op’n Padd mooken dee. Lütte weeke Wulken

hebbt vull Freid an den blaagen Heeben speelt un jumpen af un an mool vöör de Sünn, as wullen se ehr verstickeln, man denn gleeden se weg, un en poor anner kunnen dat nu verseuken. Döör jüm un twüschen jüm hendöör blinker liekers de Sünn; un dat Ünnerholt, dat sien lütte Fuhrenbäum dat heele Johr rund droogen harr, dat seeg nu beeten oolt ut un ruug blangen de nie'en greunen Toppen, wo sick de Bööken jüst mit utsmückt harrn. Döör Ünnerholt un Kratt marscheer nu Boor; Afhäng dool mit Broom un Heid, över Beeken vull mit Steenen, steile Felsöbers rop un wedder över de Heid; un denn amenn meud un smachti in dat Hunnert-Acker-Holt rin. Dor, in dat Hunnert-Acker-Holt, dor wohn Uhl.

»Un wenn dat een' gifft, de wat vun wat afweeten deit«, sää Boor bi sick sülm, »denn weet Uhl wat vun wat af«, sää he, »ans heet ik ni Winnie-de-Puh«, sää he. »Man so is dat nu mool«, meen he achteran. »Un dor hett sick dat ook mit.«

Uhl wohn in en wunnerscheun ooltfränksch Landhuus, dat hett ›To de Kastang‹ heeten, grootorriger as de Hüüs vun all de annern, tominnst düch Boor dat so: Dat Huus harr en Döörklöppel *un* ook noch en Pingelstripp. Nerrn de Döörklöppel stünn wat op'n Seddel schreeben:

WES SO NET UN BINKL WEN DU WATT WULT

Un nerrn de Pingelstripp stünn ook wat op'n Seddel schreeben:

WES SO NET UN KLOP WEN DU NIX WULT

Christopher Robin harr düsse Seddels schreeben, he weur jo de eenzigst in't Holt, de bookstobeeren kunn; Uhl verstünn sick twoors op veele Sooken un kunn ook leesen un schrieben un sien' eegen Noomen as HUL bookstobeeren, man he kreeg allns döör'nanner un smeet allns in Dutt bi kumpelzeerte Wöör so as MASSELN un BOTTERBROOT.

Winnie-de-Puh lees sick de beiden Seddels niep döör, opierst vun links noh rechts un achteran vun rechts noh links, mag jo ween, he harr wat utlooten. Denn wull he op Nummer Seeker gohn un klopp mit den Klöppel un trock an em un trock an de Pingelstripp un klopp mit ehr, un he reup mit banni luute Stimm: »Uhl! Ik will wat! Hier röppt Boor.« Un de Döör güng op un Uhl keek ruut.

»Hallo, Puh«, sää he. »Wo geiht di dat?«

»Greesi un truuri«, sää Puh, »I-Ah, een vun mien Frünnen, de hett sien' Steert verlooren. Un dor warrt he meist breegenklööteri öber. Kannst du mi amenn seggen, woans ik den för em wedderfinnen kann?«

»Also«, sää Uhl, »de normoole Prozeduur bi sowat löppt op düsse Wies.«

»Wat heet dat: de Mormoone Protzetuur?« sää Puh. »Ik bün man bloots en Boor mit Banni Lütten Grips, un vöör lange Wöör bün ik bang.«

»Dat meent: Wat to Doon is.«

»Wenn dat so is, denn heff ik dor niks geegen«, sää Puh sachtmeudi.

»Wat to doon is, dat kümmt nu. Opierst: du musst en Belohnung utsetten. Denn – «

»En Oogenblick«, sää Puh, un he hool sien Poot noh booben. »*Wat* hebbt wi dor to doon – wat du dor jüst seggt hest? Du hest jüst pruuscht, as du mi dat vertellen wusst.«

»Ik *heff ni* pruuscht.«

»Jo, dat hest du doon, Uhl.«

»'tschulligung, Puh, man ik heff nich pruuscht. Du kannst ni pruuschen un weesst denn achteran dor niks miehr vun af.«

»Man du kannst sowat ook ni weeten, ohn' dat dor een pruuscht hett.«

»Wat ik *seggt* heff: Opierst: ›Du *musst* en Belohnung *utsetten.*‹«

»Du mookst dat jo al wedder«, sää Puh truuri.

»En Belohnung!« sää Uhl banni luut. »Wi wüllt en Seddel schrieben, dor steiht denn op: Wokeen I-Ah sien' Steert finnen deit, de kriggt vun uns jichtenswat Groots.«

»Geiht kloor«, sää Puh un nickköpp. »Wenn dat üm jichtenswat Groots geiht«, sää he denn noch meist as in'n Droom, »eegens heff ik jümmers jichtenswat Lütts üm düsse Tiet – so üm düsse Morgentiet rüm«, un he plier smachten hen noh dat Schapp in Uhl sien goode Stuuv, »jüst en Muulvull Kondensmelk oder sowat, mit so'n lütten Druppen Honni dor bi – «

»Na, denn«, sää Uhl, »loot uns man düssen Seddel schrieben un allöberall in't Holt uthängen.«

»So'n lütten Druppen Honni«, brummel Boor bi sick sülm, »oder – oder ook ni, jüst so, as dat kümmt.« He geev so'n ganz deepen Süüfzer vun sick un geev sick banni Meuh, dat he ook mitkriegen dee, wat Uhl sää.

Man Uhl snack un snack un bruuk dor bi jümmer längere Wöör un keum amenn dor op trügg, 'neem he mool mit anfungen is, un he verkloor, de Kierl, de dat doolschrieben müss, dat is Christopher Robin.

»He hett ook düsse Seddels dor an mien Dööör för mi schreeben. Hest du jüm sehn, Puh?«

Puh harr nu al en ganz Tiet to allns, wat Uhl sää, mit slooten Oogen mool »jo« un mool »nee« seggt. Oplest

harr he »jo, jo« seggt, un dorüm sää he nu: »Nee, ganz un gor ni.« Man he wüss eegens gor ni, wat Uhl dor seggt harr.

»Hest du jüm sehn?«, sää Uhl lütt beeten verboost »Kumm man un kiek di dat doch mool an.«

Se sünd denn noh buuten. Un Puh keek sick den Klöppel an un wat nerrn op'n Seddel stünn, un he keek sick de Pingelstripp an un wat dor nerrn op'n Seddel stünn, un he keek wedder un wedder noh de Pingelstripp, un he harr dat Gefeuhl: »Sowat hest du doch al mool sehn, heel woanners, jichtenswanniehr, freuher mool.«

»En scheune Pingelstripp, wat?« sää Uhl.

Puh nickköpp.

»Dor fallt mi wat bi in«, sää he, »man ik weet ni wat. Woher hest du dat?«

»Dat heff ik eenfach so in't Holt funnen. Dat hüng an so'n Busch, un ik dach, dor wohnt woll een, dorüm heff ik dor an pingelt, man niks is schehn, un ik heff denn nochmool dor an pingelt, nu ganz dull, un mit'nmool harr ik dat in mien Hand, un weegen dat nüms dat schiens hebben wull, heff ik dat mit noh Huus nohmen, un – «

»Uhl«, sää Puh fie'erli, »dor hest du di orri bi sneeden. Dat gifft een, un de will dat hebben.«

»Un twoors?«

»I-Ah. Mien goode Fründ I-Ah. De mag – de mag dat gor to giern lieden.«

»Mag dat lieden?«

»Hüng dor an«, sää Winnie-de-Puh truuri.

Mit düsse Wöör hett he den Steert afhookt un wedder noh I-Ah trüggbröcht; un as Christopher Robin em wedder an sien' Stammplatz annoogelt harr, do jump I-Ah in't Holt rüm un weddel so seeli mit sien' Steert, dat Winnie-de-Puh dor ganz anners bi tomoot weur, un he müss drievens noh

Huus un beeten wat in'n Buuk kriegen, ans wörr em flau in de Moog. Un en half Stünn looter, do wisch he sick dat Muul af un süng vull Stolt vöör sick hen:

'keen funn den Steert?
»Ik«, sää Puh, »jo!
Meist Klock twee weur, dat do
(Eegens man bloots Veddel vöör ölben.)
Ik funn den Steert!«

Häuftstück V

Farken kümmt en Heffenklump in de Meut

An en scheunen Dag hebbt Christopher Robin un Winnie-de-Puh un Farken so mit'nanner snackt, un Christopher Robin harr jüst doolsluukt, wat he in sien Muul harr, do sää he blangenbi:

»Du, Farken, ik heff vundoog en Heffenklump sehn.«

»Un wat hett dat mookt?«

»Dat klump man bloots so vöör sick hen«, sää Christopher Robin. »*Mi* hett dat wohrschiens ni sehn.«

»Ik heff ook mool een sehn«, sää Farken. »Ik meen tominnst, ik heff«, sää he. »Man amenn weur dat ook wat anners.«

»Un ik heff ook mool een sehn«, sää Puh, un stell sick vöör, woans so'n Heffenklump woll eegens utsüht.

»Man de sünd dünn seit«, sää Christopher Robin so blangenbi.

»Jo, to düsse Tiet«, sää Farken.

»Jo, in düsse Johrestiet«, sää Puh.

Achteran snacken se alltohoop noch vun heel wat anners, un denn weur dat Tiet: Puh un Farken müssen mit'nanner tohuus gohn. Opierst steebeln se den Padd längs, de an de Kant vun't Hunnert-Acker-Holt liggt, se snacken ni veel mit'nanner; man denn langen se bi de Beek an, un een müss den annern öber de Steenen hölpen, un achteran kunnen se wedder blangenanner öber de Heid loopen, un do füngen se denn an, op'n heel fründli Wies mit'nanner to snacken, so öber düt un dat, un Farken sää: »Wenn du mi versteihst, Puh«, un Puh sää: »Dat heff ik jüst sülm dacht, Farken«, un Farken sää: »Man, op de anner Siet, Puh, sööt wi ook dor mool öber nohdenken«, un Puh sää: »Dor hest du recht mit, Farken, ik heff dat man bloots för 'n Oogenblick vergeeten.« As se denn bi de Söss Dannenbäum anlangt weuren, do keek Puh mool in de Rund, wat ook nüms tolüüstern kunn, un sää denn mit en banni fie'erli Stimm:

»Farken, ik heff wat beslooten.«

»Wat hest du beslooten, Puh?«

»Ik heff beslooten: ik fang en Heffenklump.«

Puh sää dat un nickköpp dor en poormool bi, un denn teuv he dor op, dat Farken em freug: »Woans wullt du dat mooken?« oder ook: »Nee, Puh, is dat wohr?« oder ook süss wat vun düsse Oort, wat hölpen kunn, man Farken sää rein niks. De Grund: Farken dach, harr *he* man leeber sülm düsse Idee hatt.

»Dat warr ik doon«, sää Puh, nohdem dat he ierst noch en beeten teuvt harr, »un twoors mit en Fall. Man dat sall en Plietsche Fall sien, dorüm sasst du mi dor bi hölpen, Farken.«

»Puh«, sää Farken un feuhl sick mit'nmool wedder heel kandidel, »ik mook mit.« Un denn sää he: »Un woans wüllt wi nu to Wark gohn?«, un Puh sää: »Dat's nu jüst de Froog. Woans nu to Wark gohn?« Se güngen sitten un dachen dor över noh.

Puh sien ierste Idee weur nu, se müssen en Banni Deepe Kuhl buddeln, dat Heffenklump wörr denn dor längsloopen un in de Kuhl fallen, un –

»Worüm dat?« sää Farken.

»Worüm wat?« sää Puh.

»Worüm sall dat dor rinfallen?«

Puh klei sick mit sien Poot an de Nees un sää, so'n Heffenklump kunn jo dor längsloopen, dor en lütt Leed bi summen, noh'n Heeben kieken un sick froogen, wat dat nu woll Reegen geeben warrt, dor denn de Banni Deepe Kuhl ni bi wohr warrn, un wenn doch, denn is't ook al veel to loot, denn sitt dat meist al half binn' in de Kuhl.

Farken sää: »Dat is en wunnerbore Fall, man wenn dat denn al reegent – ik segg dat bloots mool so!«

Puh klei sick wedder an de Nees un sää, dat he dor ni an dacht harr. Und denn strohl he mit'nmool un sää, wenn dat denn al reegen dee, denn wörr dat Heffenklump noh'n Heeben kieken un sick froogen, wanniehr dat woll wedder opheurt, un denn wörr't de Banni Deepe Kuhl ierst sehn, wenn't dor al half binn' sitten deit … Un denn weur dat al veel to loot.

Farken sää, he meen, dat weur en Swienplietsche Fall, nu dat se düssen Punkt mool kloorkreegen harrn.

Puh weur banni stolt, as he dat heur, un he harr dat Gefeuhl, as harr he dat Heffenklump meist al fungen, man dor geev dat noch wat, dor müss en noch öber nohdenken, un twoors düt. *Woneem sullen se nu düsse Banni Deepe Kuhl buddeln?*

Farken sää, de beste Steed, dat is in de Neegd vun'n Heffenklump, glieks iehr dat dor rinfallen deit, so üm un bi 30 Zentimeeters dor vun weg.

»Man denn kann uns dat jo bi'n Buddeln tokieken«, sää Puh.

»Ni wenn't noh'n Heeben kieken deit.«

»Dat warrt denn ober schuulsch«, sää Puh, »wenn't mool doolkieken deit.« He dach lang noh un meen denn noch truuri: »Dat is ni so licht to, as ik mi dat dacht harr. Ik gläuv, dorüm warrt so'n Heffenklump meist *nie nich* fungen.«

»Dor liggt dat woll an«, sää Farken.

Se süüfzen un stünnen op; un as se sick en poor Stickbroomstickels ruutkleit harrn, güngen se wedder sitten; un all de Tiet sää Puh to sick sülm: »Wenn mi doch bloots wat *infallen* dee!« He feuhl dat so seeker as man wat: En Banni Kloogen Grips kunn so'n Heffenklump fangen, wüss he man bloots, woans he dat anpacken sull.

»Stell di mool vöör«, sää he to Farken, »*du* wullt *mi* fangen: Wat wörrst du denn mooken?«

»Na«, sää Farken, »ik wörr dat so mooken. Ik wörr en Fall buuen, un ik wörr en Pott mit Honni in de Fall stellen, un du wörrst dat rüüken, un denn wörrst du di dor ranmooken, un – «

»Un ik wörr mi dor ranmooken«, sää Puh ganz hiddeli, »man bloots ganz vöörsichti, ik wull mi jo ni weh doon, un ik wörr mi den Pott mit Honni langen un opierst mool den Rand aflicken, un dee denn so, as geev dat ans niks miehr, weesst du, un denn wörr ik wedder weggohn un dor en beeten över nohdenken, man denn wörr ik wedder trüggkoomen un mi mit'nmool ut de Merrn vun'n Pott wat ruutlicken un denn – «

»Jo, is jo goot! Du büst denn dor, un ik kann di fangen. Man nu sööt wi opierst mool dor över nohdenken: Wat meugt Heffenklumps? Ik gläuv: Eckern, meenst du ni ook? Wi wüllt uns en Barg – man, Puh, kumm in de Gangen!«

Puh weur sacht indrusselt un harr en seuten Droom, man mit'nmool wörr he oogenwook un sää, Honni weur veel falliger as Heckern. Farken seeg dat heel anners; un se wullen sick dor jüst över in de Hooren kriegen, do full Farken in: Nehmen se Eckern för de Fall, denn müss *he* de Eckern sammeln, man nehmen se Honni, denn müss Puh beeten wat vun sien' eegen Honni afgeeben, un dorüm sää he: »Goot, denn loot uns man Honni nehmen«, jüst as Puh dat ook kloor kreegen harr un seggen wull: »Goot, denn loot uns man Heckern nehmen!«

»Honni«, sää Farken nohdenkern bi sick sülm, as harrn se dat nu so afmookt. »*Ik* warr nu de Kuhl buddeln, un *du* geihst un bringst den Honni ran.«

»Geiht kloor«, sää Puh un stapp af.

Bihuus anlangt güng he noh’t Köökenschapp; un he kladder op’n Stohl un lang sick en banni grooten Pott Honni vun’t bööverste Boord rünner. Dor stünn HONI op, man he wull op Nummer Seeker gohn, dorüm trock he dat Zellofoonpapeer af un keek rin, un dat seeg ook ut as

Honni. »Man wokeen weet dat so recht«, sää Puh. »Ik kann mi dor op besinnen: Mien Unkel hett mool seggt, dat gifft en Kees, de süht jüst so ut as Honni.« Dorüm steek he ook sien Tung rin un slick sick orri wat ruut. »Jo«, sää he, »dat’s Honni. Dor gifft dat niks. Un Honni, wörr ik seggen, bit op’n Grund vun’n Pott. Man mag ween«, sää he, »dor hett een nerrn Kees rinpackt, bloots so to’n Spooss. Ik sall villicht noch en *beeten* wieterprobeern … mag jo ween … mag jo ween, dat Heffenklumps Kees *nich* lieden möögt … jüst so as ik sülm … Oh!« Un he süüfz vun Harten. »Ik heff *doch* recht hatt. Dat’s *Honni* bit op’n Grund.«

As he dat kloorkreegen harr, do bröch he den Pott hen noh Farken, un Farken keek rop vun nerrn sien Banni Deepe Kuhl, un sää: »Hest' em mit?«, un Puh sää: »Jo, man in den Pott, dor is ni miehr so veel binn'«, un he smeet em noh Farken rünner, un Farken sää: »Nee, dat's wohr! Is dat allns, wat noch öber is?«, un Puh sää: »Jo!« Dat weur jo ook wohr. Farken stell denn den Pott op'n Grund vun de Kuhl un kladder wedder ruut, un denn güngen de beiden mit'nanner noh Huus.

»Na, denn go'e Nacht ook, Puh!« sää Farken, as se bi Puh sien Huus anlangt weuren. »Un wi koomt Klock söss morgen freuh wedder tohoop, dor bi de Dannenbäum, un denn wüllt wi mool sehn, woveel Heffenklumps wi denn in uns' Fall hebbt.«

»Geiht kloor, Farken, Klock söss. Un hest du denn ook en Strick mit bi?«

»Nee. To wat bruukst du en Strick?«

»Dor will ik jüm mit tohuus bringen.«

»Sowat! ... *Ik* meen, de Heffenklumps koomt, wenn en fleiten deit.«

»En poor mookt dat, man anner ook ni. Wat de Heffenklumps angeiht, dor weet en nie nich Bescheed mit. Na, denn go'e Nacht ook!«

»Go'e Nacht ook!«

Un denn trappel Farken noh sien Huus DÖÖRGANG V, un Puh meuk sick proot för de Puuch.

En poor Stünnen looter – de Nacht wull jüst wedder utneihen –, do wook Puh mit'nmool op, un he feuhl sick so maddeli in de Moog. He harr düt maddelige Gefeuhl al freuher mool hatt, un he wüss, wat dat to bedüüden hett. *He harr Smacht.* Dorüm güng he noh't Köökenschapp hen, kladder op'n Stohl un lang rop noh dat bööverste Boord un fünn dor – niks.

»Dat is di jo gediegen«, dach he. »Ik weet, ik harr dor en Pott mit Honni to stohn. En vullen Pott, vull mit Honni, ganz bit noh booben, un dor stünn HONI op, wat ik ook wüss: Dor is Honni binn'. Dat is di jo banni gediegen.« Un denn güng he op un dool un freug sick, 'neem de Pott woll afbleeben is, un brummel en Brummelleed vöör sick hen. Dat güng so:

Dat's di jo heel gediegen,
Eegens *kunn* ik Honni kriegen
Vun hier booben op dat Boord dor,
HONI stünn dor.

En ganz vullen Pott stünn dor booben,
Un ik weet ni, 'neem de hen is,
Nee, ik weet ni, 'neem de is –
Dat's gediegen.

He brummel dat dreemool in so'n Oort Singsang, man denn full em dat wedder in. He harr den Pott jo in de Swienplietsche Fall stellt un wull dor dat Heffenklump mit fangen.

»Schiet ook!« sää Puh. »Dat kümmt, wenn en düsse Heffenklumps wat Goodes doon will.« Un he güng wedder in de Puuch.

Man he kunn ni sloopen. Un je duller he dat wull, je weeniger güng dat. He probeer dat mit Schoop aftellen. Af un an kannst du dor goot mit insloopen. Un as ook dat ni hölpen wull, do probeer he dat mit Heffenklumps aftellen. Man dat güng noch leeger. Dorüm dat elk Heffenklump, harr he dat mool aftellt, stracks noh'n Pott mit Puh sien' Honni henloopen *un allns wegfreeten dee.* En Oogenblick lang hett he ganz schedderi dor leegen, man as sick dat fiefhunnertunsööbenuntachentigste Heffenklump dat Muul aflicken dee un dor to sück sülm bi sää: »Banni mien Smack, düsse Honni! Weet gor ni, wat ik mool beetern to freeten kreeg«, do kunn Puh dat ni miehr uthoolen. He jump ruut ut sien Bett un ruut ut' Huus un leep stracks hen noh de Söss Dannenbäum.

De Sünn leeg noch jümmers in de Puuch, man an'n Heeben booben dat Hunnert-Acker-Holt, dor glinster dat all licht un wies, dat de Sünn woll opwoken un de Feddern

bisiet schuuben wull. In de Schummeree, do düchen em de Dannenbäum so koolt un alleen, un de Banni Deepe Kuhl düch em deeper, as se eegens weur, un sien Honnipott dor nerrn op'n Grund, de keum Puh nu ganz annershafti vöör, bloots so'n Foorm un ans niks. Man as he neeger ran güng, do sää em sien Nees, dat's worrafti Honni, un sien Tung keum ruut un füng an, sien Muul aftolicken un proot to mooken.

»Schiet ook!« sää Puh, as he sien Nees in den Pott kreeg. »Dat hett en Heffenklump opfreeten!« Man denn dach he beeten noh un sää: »Ach nee, *ik* heff dat jo doon. Heff dat bloots wedder vergeeten.«

Kloor, he harr dat Miehrst dor vun opeeten. Man so'n lütt beeten weur dor noch binn', ganz dor nerrn op'n Grund vun'n Pott, un he kreeg sien Kopp dor ganz deep rin un füng an to licken –

Mit de Tiet kreeg ook Farken de Oogen op. Un as he de Oogen op harr, do sää he bi sick sülm: »Oh!« Man denn sää he kurascheert: »Jo«, un denn, noch beeten kurascheerter: »Kloor doch!« Man he feuhl sick gor ni so kurascheert. Em jibbel man bloots een Woort döör den Breegen, un twoors: ›Heffenklumps‹.

Woans mag so'n Heffenklump woll utsehn?

Is dat woll Beusorri?

Kümmt dat, wenn en fleiten deit? Un *woans* kümmt dat denn an?

Mag dat öberhaupt Swien Lieden?

Un wenn dat Swien Lieden mag, mookt dat en Ünnerscheed, *wat för en Oort vun Swien du büst?*

Loot uns mool seggen, dat is Beusorri, wenn so'n Swien kümmt, mookt dat en Ünnerscheed, *wenn dat Swien en Grootvadder hett, de DÖÖRGANG V heeten deit?*

Op keeneen vun düsse Froogen wüss he en Antwoort … un so in üm un bi een Stünn vun nu sull he jo sien ierst Heffenklump to sehn kriegen!

Kloor, Puh weur denn jo bi em, un mit twee Lüüd weur dat denn jo ook veel Kommoodiger. Man nu loot uns mool vermooden: Heffenklumps sünd Banni Beusorri, wat Swien *un* ook wat Booren angeiht? Weur dat denn ni beeter, wenn he so dee, as harr he Koppwehdoog, un dorüm kunn he düssen Morgen ni noh de Söss Dannenbäum hengohn? Man denn loot uns mool annehmen, dat dreiht sick üm en scheunen Dag, un dor is keen Heffenklump in de Fall, denn leeg he nu den ganzen Morgen hier in de Puuch un verplemper sien Tiet för niks un wedder niks. Wat sull he nu mooken?

Un denn harr he en Plietsche Idee. He wull nu ganz liesen hengohn noh de Söss Dannenbäum, ganz suutje in de Fall rinkieken, wat dor woll en Heffenklump binn' sitten dee, un wenn jo, denn wull he wedder trügg in de Puuch gohn, un wenn nee, denn wull he dat bliebenlooten.

Dorüm güng he nu loos. Opierst dach he mool, dor sitt keen Heffenklump in de Fall binn', man denn dach he ook wedder, dor sitt doch een binn', un as he denn jümmer dichter bi güng, do weur he sick heel seeker, dor sitt een binn', he kunn dat heuren, dat dat dor binn' de Fall ganz dull heffenklumpen dee.

»Oh, Mann, oh Mann, oh Mann!« sää

Farken bi sick sülm. Un he wull al wegloopen. Man nu, as he nu mool so dicht bi weur, do meen he, he müss sick dat nu ook mool ankieken, woans so'n Heffenklump eegens utsüht. Dorüm kreup he an den Rand vun de Fall un keek noh nerrn …

Un all de Tiet harr Winnie-de-Puh dat versöcht un wull den Honnipott wedder vun'n Kopp afkriegen. Man je duller dat he schüddköpp, je faster steek he dor binn'. *»Schiet ook!«* sää he vun binn' den Pott, un *»To Hölp!«* un jümmer wedder *»Au!«* Un he wull dor mit an wat anbumpen, man he kunn ni jo sehn, woneem he anbumpen sull, un dorüm hett em dat ni veel holpen; un he wull ut de Fall ruutkladdern, man he kunn jo niks anners sehn as den Pott, un ook dor ni veel vun, dorüm kunn he sick ook ni trechtfinnen. Un dorüm böör he amenn bloots noch Kopp un Pott un all dat noh booben un bölk luuthals loos vull Truuer un Spiet … un jüst in düssen Oogenblick keek Farken dool.

»To Hölp, to Hölp!« schreeg Farken, »en Heffenklump, en Greesi Heffenklump!«, un he neih ut as gau, as he man kunn, un do schreeg he noch jümmers bi: »To Hölp, to Hölp, en Heesi Höffenklump! To Höff, to Höff, en Hölpi Heesenklump! To Heff, to Heff, en Holli Greesiklump!« Un he heur ni op mit' Schrie'en un Utneihn, iehr dat he bi Christopher Robin sien Huus anlangen dee.

»Du leebe Tiet, wat is nu loos, Farken?« sää Christopher Robin, de jüst op de Beenen keum.

»Heff«, sää Farken, un he puust dor so dull bi, dat he meist niks ruutkreeg, »en Hell – en Heff – en Heffenklumplump.«

»Woneem is een?«

»Dor booben«, sää Farken, un weddel mit sien Poot.

»Un woans hett dat nu utsehn?«

»So as – so as – dat harr so'n grooten Kopp, sowat hest du noch nie nich sehn, Christopher Robin. So'n unbanni groot Beest, so as – so as niks anners. En öberboosi groot – wull seggen, so as en – ik weet ni wat – so as en un unbanni groot Niks. So as en Pott.«

»Na«, sää Christopher Robin un witsch in sien Scheuh, »Ik warr dor mool hengohn un kiek mi dat an. Kumm man mit.«

Farken harr keen' Bammel, wenn he Christopher Robin an sien Siet harr, un dorüm güngen se nu loos …

»Ik kann dat al heuren, du ook?« sää Farken beeten kribbeli, as se dicht bi weuren.

»Jo, ik kann *jichtenswat* heuren«, sää Christopher Robin.

Dat weur Puh, de mit sien' Kopp geegen en Boomwuttel bumpen dee, de he dor oplest funn.

»Dor!« sää Farken, »Is dat ni *greesi*?« Un he hool sick an Christopher Robin sien Hand fast.

Mit'nmool müss Christopher Robin lachen … un he lach … un lach … un lach. Un he weur ook noch in de Gangen mit' Lachen, as – *kracks!* – knall dat Heffenklump mit sien' Kopp geegen de Boomwuttel, Klööter güng de Pott, un Puh sien Kopp keum wedder vöördoog …

Do mark Farken, wat för'n Döösi Farken he ween hett, un he schoom sick so dull, dat he stracks noh Huus leep un mit Koppwegdoog in de Puuch kreup. Man Christopher Robin un Puh güngen noh Huus un freuhstücken mit'nanner.

»Man, Boor!« sää Christopher Robin. »Wo dull ik di lieden mag!«

»Un ik di ook«, sää Puh.

Häuftstück VI

I-Ah hett Gebortsdag un kriggt twee Gooben

I-Ah, de oole griese Esel, stünn an't Öber vun de Beek un keek sick sülm in't Wooter an.

»To'n Barmen«, sää he, »dat's eenfach to'n Barmen.«

He dreih sick üm un güng sacht twinti Meeters an de Beek längs, spaddel dwars döör't Wooter un güng sacht an't anner Öber wedder trügg. Un denn keek he sick sülm wedder in't Wooter an.

»Heff ik mi dacht«, sää he, »Ook ni veel beeter vun *düsse* Siet. Man dat juckt nüms. Nüms scheert sick dor an. Dat's to'n Barmen, un wieter niks.«

Do raschel dat in't Foornkruut, un Puh krabbel dor ruut.

»Go'en Morgen, I-Ah«, sää Puh.

»Go'en Morgen, Puh Boor«, sää I-Ah düüster. »Wenn dat man en go'en Morgen *is*«, sää he. »Man dat gläuv ik ni so recht«, sää he.

»Worüm dat, wat is loos?«

»Niks, Puh Boor, rein gor niks. Wi köönt dat ni alltohoop, un en poor vun uns verseukt dat ook gor ni ierst. So is dat nu mool.«

»Wi alltohoop köönt ni *wat*?« sää Puh un klei sick an de Nees.

»Kandidel sien, Trallala-un-Ringelreihn. Kumm, Marie, un danz mit mi.«

»Ah so!« sää Puh. He dach en tietlang noh, un denn freug he: »Wat för'n Marie is dat?«

»Bonn-Hommie«, sää I-Ah denn noch düüster achteran. »Dat's en franzeusch Woort un meent Bonn-Hommie«, verkloor he. »Man ik bekloog mi jo gor ni. So is dat nu mool.«

Puh güng op'n grooten Steen sitten, un wull dat nu ierstmool kloorkriegen. Dat düch em as'n Rodel, un Rodels kunn he ni so goot ruutkriegen, he weur jo en Boor mit Banni Lütten Grips. Dorför sung he nu *Appelkooken*:

Appel-, Appel-, Appelkooken,
En Fleeg is keen Vogel, man en Vogel kann fleegen.
Froog mi en Rodel, un ik segg di ohn' Leegen:
»Appel-, Appel-, Appelkooken.«

Dat weur de ierste Strooph. Un as he dor mit dööör weur, do wull em I-Ah dat ni so liekut seggen, dat em dat ni toseggt harr, un dorüm hett Puh em nu fründlicherwies ook noch de tweete Strooph vöörsungen:

Appel-, Appel-, Appelkooken,
En Fisch kann ni fleiten, man ik sülm kann dat ook ni.
Froog mi en Rodel, un ohn' Leegen segg ik di:
»Appel-, Appel-, Appelkooken.«

I-Ah sää noch jümmer niks, dorüm summ Puh nu ook noch de drütte Strooph liesen bi sick sülm:

Appel-, Appel-, Appelkooken,
En Hohn mookt, wat weet ik, man ik weet ni, worüm dat.
Froog mi en Rodel, un ohn' Leegen segg ik wat:
»Appel-, Appel-, Appelkooken.«

»So is dat recht«, sää I-Ah. »Sing man to. *Diedel-di-dum, diedel-di-dum.* To Pingsten, ach wie scheun. Verlusteer di man.«

»Dat doo ik ook«, sää Puh.

»Gifft Lüüd, de köönt dat«, sää I-Ah.

»Mann, wat is di bloots?«

»*Is* dor jichtenswat?«

»Mi dücht, du büst truuri, I-Ah.«

»Truuri? Worüm sull ik truuri ween? Vundoog heff ik Geburtsdag. De scheunste Dag vun't Johr.«

»Du hest Gebortsdag?« sää Puh heel verboost.

»Jo, dat's wohr. Kannst' dat ni sehn? Kiek di doch bloots mool al de Gooben an, de ik kreegen heff.« Un he weddel mit een' Hoof vun de een Siet noh de anner. »Kiek, dor is de Gebortsdagskooken. Lichten un rosa Suckerguss.«

Puh keek rund – opierst noh de rechte Siet un denn noh de linke.

»Gooben?« sää Puh, »Gebortsdagskooken?« sää Puh. »*Woneem* is dann all dat?«

»Kannst' dat ni sehn?«

»Nee«, sää Puh.

»Kann ik ook ni«, sää I-Ah. »Heff bloots beeten Spooss mookt«, verkloor he. »Ha, ha!«

Puh klei sick an'n Kopp, all dat bröch em beeten döör'neen.

»Man is dat wohr, dat mit dien' Gebortsdag?« freug he.

»Jo, dat's wohr.«

»Na, denn: Ik wünsch di dat Allerbest, I-Ah!«

»Un ik wünsch di ook dat Allerbest, Puh Boor.«

»Man *ik* heff doch vundoog gor ni Gebortsdag.«

»Nee, dat heff ik jo ook.«

»Man du hest seggt: ›dat Allerbest‹ – «

»Worüm ook ni? Du wullt di doch ni jümmers mies feuhlen, wenn ik Gebortsdag heff, oder?«

»Oh, nu kapeer ik dat«, sää Puh.

»Dat is leeg noog«, sää I-Ah un müss meist blarren, »wenn ik mi schedderi feuhlen doo, keen Gooben, keen Kooken un keen Lichten, un nüms, de sick so üm mi scheeren deit, so as sick dat heurt, man wenn all de annern sick ook schedderi feuhlt – «

Dat weur nu to veel för Puh. »Bliev man dor!« reup he I-Ah to, as he sick ümdreih un so gau, as dat man güng, trügg noh Huus leep; he harr dat Gefeuhl, he müss stakkel I-Ah nu op'n Stutz *jichtenswat* as Goov bringen, un achteran kunn he sick jo ook noch wat Orrigs utdenken.

Buuten sien Huus funn he Farken. Dat jump rop un wedder dool un wull an den Klöppel langen.

»Hallo, Farken«, sää he.

»Hallo, Puh«, sää Farken.

»Wat mookst du dann dor?«

»Ik will an den Klöppel langen«, sää Farken, »ik bün jüst längs koomen – «

»Loot mi dat man för di mooken«, sää Puh fründli. He lang sick den Klöppel un klopp dor an de Dööör mit. »Ik heff jüst I-Ah besöcht«, füng he an, »un stakkel I-Ah is in'n Banni Truurigen Tostand. He hett vundoog Geborts-

dag, un nüms hett dor an dacht, un em is banni Düüster tomoot – du kennst dat jo bi I-Ah – un he stünn nu dor un – wat duurt dat lang, bit de Kierl, de hier wohnen deit, de Döör opmookt.« Un he poch nochmool.

»Man, Puh«, sää Farken, »dat is doch dien Huus!«

»Oh!« sää Puh. »So is dat«, sää he. »Na, denn wüllt wi mool ringohn.«

Dat deen se denn ook. Puh güng nu fuurts noh't Schapp hen un wull nohkieken, wat he dor noch en lütten Pott mit Honni binn' harr; jo, dat harr he ook, un he lang sick den Pott rünner.

»Dat sall nu I-Ah as en Goov kriegen«, verkloor he. »Un wat wullt *du* em nu schenken?«

»Kunn ik dor ni bi mitmooken?« sää Farken. »So vun uns beiden?«

»Nee«, sää Puh. »Dat is *keen* gooden Gedanken.«

»Goot, ik warr em denn en Ballon schenken.

Dor is noch een över vun mien Fest. Ik loop nu un hool em, sall ik?«

»Dat is di nu mool en *banni* gooden Gedanken, Farken. Jüst sowat bruukt I-Ah, jichtenswat, wo he sick beeten to höögen kann. Mit so'n Ballon kann nüms unhöögli blieben.«

Farken meuk sick denn op'n Padd; un Puh leep mit sien' Honnipott noh de anner Richt.

Dat weur en warmen Dag, un he müss en lang Flach Weg loopen. He harr man jüst de Hälft vun'n Weg achter

sick, do kreeg he mit'nmool so'n eegenorri Gefeuhl, un dat kreup em över't ganze Lief. Dat füng an bi de Topp vun sien Nees, un dat drüppel em döör un döör un keum em bi de Feut wedder ruut. Jüst as harr he een' in sick binn' to sitten, un de sää: »Na, Puh, nu is't mool wedder Tiet för lütt beeten wat.«

»Mann-oh-Mann«, sää Puh, »Ik wüss gor ni, wat dat al so loot is.« He güng sitten un trock dat Zellophoonpapeer vun sien' Honnipott af. »Bloots goot, dat ik düt hier mitbröcht heff«, dach he. »Dat gifft jo ook en Barg Booren, de loopt an'n warmen Dag, jüst so een' as hüüt, spazeeren un hebbt ni an so'n lütt beeten wat dacht.« Un he füng an mit' Eeten.

»Nu teuv mool«, dach he, as he sien Tung dat lest Mool in'n Pott steeken dee, »woneem weur ik eegens op to? Jo, kiek, I-Ah.« Un he stünn sacht op.

Man denn, mit'nmool, füll em dat wedder

in. He harr jo I-Ah sien Gebortsdagsgoov opeeten!

»Schiet ook!« sää Puh. »Wat sall ik *nu* doon? Ik *mutt* em jo *jichtenswat* schenken.«

En Oogenblick lang füll em rein niks in. Denn dach he: »Na, nu is dat jo en banni netten Pott, ook wenn dor nu keen Honni miehr binn' is, un wenn ik dat nu afwaschen doo un jichtenseen schrifft mi dor ›En Scheunen Gebortsdag‹ rop, denn kann I-Ah dor jo wat rindoon, un sowat is denn jo ook to wat nütt.« Nu leep he jüst längs dat Hunnert-Acker-Holt. Dorüm güng he noh Uhl hen. De wohn dor jo.

»Go'en Morgen, Uhl«, sää he.

»Go'en Morgen, Puh«, sää Uhl.

»Ik wünsch di wat to I-Ah sien' Gebortsdag«, sää Puh.

»Na, is dat vundoog wedder so wiet?«

»Wat wullt du em schenken, Uhl?«

»Wat schenkst *du* em denn, Puh?«

»Ik schenk em en Passli Pott för Sooken Rindoon, un ik wull di froogen – «

»Is dat hier de Pott?« sää Uhl un nehm em Puh ut de Poot.

»Jo, un ik wull di froogen – «

»Dor hett een mool Honni in opbewohrt«, sää Uhl.

»Dor kannst du *wat-du-wullt* in opbewohren«, sää Puh iernsthafti. »Dor kann'n Veel Anfangen mit. Un ik wull di froogen – «

»Du susst dor ›En scheunen Gebortsdag‹ ropschrieben.«

»*Dat* wull ik di jo jüst froogen«, sää Puh. »Man mien Bookstobeeren is en beeten Wackelbeeni. Ik kann ganz goot bookstobeeren, man dat's en beeten Wackelbeeni, un de Bookstooben sitt ni jümmers dor, 'neem se eegens henheurt. Kunnst *du* mi dor ni mool ›En scheunen Gebortsdag‹ ropschrieben?«

»Dat's jo en netten Pott«, sää Uhl, un keek em sick rundüm an. »Kunn ik dor ni bi mitmooken? So vun uns beiden?«

»Nee«, sää Puh. »Dat is *keen* gooden Gedanken. Ik wasch den Pott nu mool af, un denn kannst du dor wat ropschrieben.«

Na, un denn wusch he den Pott ut un dreug em af. Wieldess lick Uhl an't bööverste End vun sien' Bliepenn, un freug sick, woans he »Gebortsdag« bookstobeeren sull.

»Kannst du leesen, Puh?« freug he beeten kribbeli. »Dat gifft dor buuten twee Seddels vun weegen an mien Döör kloppen un pingeln, Christopher Robin hett jüm schreeben. Kannst du mi dat mool vöörleesen?«

»Christopher Robin harr mi mool vertellt, wat dor schreeben steiht, un *achteran* kunn ik dat ook leesen.«

»Goot, ik warr di seggen, wat *hier* op steiht, un denn kannst du dat ook leesen.«

Uhl schreev nu … un hier is, wat he schreeben hett:

N SHEN GBORTTK N VN HARTN GULK

Puh keek to un wunner sick as man een.

»Ik schriev bloots ›En Scheunen Gebortsdag‹«, sää Uhl so blangenbi.

»Dat is di jo ganz scheun lang«, sää Puh, un dat hett em banni imponeert.

»Naja, *eegens* heff ik jo ›En Banni Scheunen Gebortsdag wünscht di dien leebe Puh‹ schreeben. Kloor, dor brukt en veel Bliepenn to, wenn'n so'n langen Tekst schrieben deit.«

»Jo, dat verstoh ik best«, sää Puh.

Bi all dat güng Farken trügg noh sien Huus vun weegen I-Ah sien' Ballon. He hool em dicht bi't Lief. So kunn he ni wegweihen. Un he leep so gau noh I-Ah hen, as he man kunn, un wull dor freuher anlangen as Puh; he wull de ierst sien, de sien Goov afgifft, as harr he dor sülm an dacht, ohn' dat em een dor wat vun vertellen müss. Un so güng he sien' Weg un stell sick vöör, wo dull sick I-Ah woll to sien Goov freien dee, man bi all dat keek he ni op sien' Padd … un mit'nmool kreeg he sien' Foot in en Kaninkenbuu un füll platsch-di op de Nees.

BOING!!!???***!!!

Farken leeg nu dor un wunner sick, wat sick woll jüst afspeelt harr. Opierst dach he mool, de heele Welt weur eksplodeert; man denn dach he, wohrschiens hett dat bloots dat Holt hier afkreegen, un nu weur he heel alleen op'n Moond oder annerweegens, un he kunn nu nie nich miehr Christopher Robin sehn oder Puh oder ook I-Ah. Un he dach: »Ook wenn ik nu op'n Moond bün, denn mutt ik ni de ganze Tiet mit de Nees in'n Schiet liggen«, dorüm stünn he vöörsichti op un keek mool rund.

Man he weur noch jümmers in't Holt!

“Na,'dat's di jo gediegen«, dach he. »Ik froog mi: Wat weur dat mit düssen Knall. Ik heff doch ni so'n Larm mookt, as ik doolfallen dee. Un woneem is mien Ballon eegens afbleeben? Un wat hett dat mit all düssen fuchtigen Sluntkroom hier op sick?«

Dat hett mool de Ballon ween!

»Mann-oh-Mann!« sää Farken, »Oh-Mann-oh-Mann-oh-Mann-oh-Mann! Na, nu is dat jo to loot. Ik kann ni trügg, un ik heff ook keen' annern Ballon, man amenn kann I-Ah Ballons gor ni so *goot lieden.*«

He stapp denn wieter, man nu beeten truuri, un lang amenn bi't Öber vun de Beek an, dor, 'neem I-Ah stünn, un he reup em to.

»Go'en Morgen, I-Ah«, bölk Farken.

»Go'en Morgen, mien lütt Farken«, sää I-Ah. »Wenn dat man en go'en Morgen *is*«, sää he. »Man dor gläuv ik ni so recht an«, sää he. »Man dat mookt niks«, sää he.

»Ik wünsch di en scheunen Gebortsdag«, sää Farken, nu en beeten dichter bi.

I-Ah heur leet dat nu blieben un keek sick ni miehr sülm in de Beek an, he dreih sick üm un gluup nu Farken an.

»Segg dat nochmool«, sää he.

»Ik wünsch di – «

»Teuv mool en Oogenblick.«

I-Ah probeer dat un wull op dree Beenen stohn un dat veerte Been heel vöörsichti an sien Ohr bringen. »Güstern heff ik dat noch kunnt«, verkloor he, as he dat drütte Mool doolfüll. »Dat is ganz eenfach. Ik kann denn beeter heuren … Kiek, nu geiht dat! Jo, na denn, wat hest du jüst seggt?« Un he drück sien Ohr mit mit sien' Hoof noh vöörn.

»En scheunen Gebortsdag«, sää Farken nu wedder.

»Meenst du mi dor mit?«

»Jo, kloor, I-Ah.«

»Mienen Gebortsdag?«

»Jo.«

»Dat ik worrafti Gebortsdag heff?«

»Jo, I-Ah, un ik heff di ook wat mitbröcht.«

I-Ah nehm sien' rechten Hoof wedder trügg vun't rechte Ohr, dreih sick üm un kreeg mit groote Meuh sien' linken Hoof noh booben.

»Dat sall ik nu ook nochmool in dat anner Ohr rinkriegen«, sää he. »Denn man loos.«

»En Goov«, sää Farken banni luut.

»Un du meenst wedder mi?«

»Jo.«

»Geiht jümmer noch üm mien' Gebortsdag?«

»Jo, I-Ah, kloor.«

»Ik sall worrafti Gebortsdag hebben?«

»Jo, I-Ah, un ik heff di ook en Ballon mitbröcht.«

»'n Ballon?« sää I-Ah. »Hest du seggt: 'n Ballon? Een' vun düsse grooten klöörten Dingers, de en opbloosen deit? Lusti-lusti-trallala, sing-en-Leed-un-danz-mit-mi, twee Schreed vöör un een' we'er trügg?«

»Jo, man bloots – un dat deit mi ook banni leed, I-Ah – as ik so l längsloopen dee un wull di dat bringen, dor bün ik op de Nees fullen.«

»Mann-oh-Mann, wat'n Pech! Du büst to gau loopen, gläuv ik. Du hest di amenn doch ni weh doon, mien lütt Farken?«

»Nee, man ik – ik – man, I-Ah, ik heff den Ballon tweimookt!«

För 'n lang Tiet hett nüms wat seggt.

»Mien' Ballon?« sää I-Ah oplest.

Farken nickköpp.

»Mien' Gebortsdagsballon?«

»Jo, I-Ah«, sää Farken un snüffel lütt beeten. »Dor is he. Un – un en scheunen Gebortsdag ook.« Un mit düsse Wöör geev he I-Ah dat lütt Stück fuchtigen Sluntkroom.

»Un dat is dat nu?« sää I-Ah lütt beeten verboost.

Farken nickköpp.

»Mien Goov?«

Farken nickköpp wedder.

»De Ballon?«

»Jo.«

»Scheunen Dank ook, Farken«, sää I-Ah. »Du hest dor doch niks geegen, wenn ik di froogen doo«, hett he denn noch seggt, »wat för'n Farv hett düsse Ballon mool hatt, as dat noch en Ballon *ween hett*?«

»Root.«

»Ik heff mi jo bloots froogt … Root«, brummel he vöör sick hen. »Dat's mien leevste Farv … Wo groot hett he ween?«

»Üm un bi so groot as ik.«

»Ik heff mi jo bloots froogt … Üm un bi so groot as Farken«, sää he truuri to sick sülm. »Mien leevste Grött. Na, denn.«

Farken feuhl sick banni schedderi, un he wüss ook ni: wat nu seggen?! Liekers meuk he dat Muul op un wull wat seggen, man denn füll em in: Jüst *dat* kümmt amenn ni topass, man jüst do heur he een' vun güntsiet de Beek roopen, un dor stünn Puh.

»En scheunen Gebortsdag«, reup Puh noh güntsiet un harr dor heel un deel bi vergeeten; dat harr he jo al lang seggt.

»Ik dank di ook, Puh, wi sünd al in de Gangen«, sää I-Ah düüster.

»Ik heff di beeten wat mitbröcht«, sää Puh, nu heel ut de Tünn.

»Mi langt dat al, wat ik heff«, sää I-Ah.

Puh spaddel nu dwars döör de Beek noh I-Ah röber, un

Farken hett wieldess en beeten bisiet seeten, den Kopp in sien Pooten un snüffel vöör sick hen.

»Dat's en Passli Pott«, sää Puh. »Dor hest' em. Un dor op steiht: ›En Banni Scheunen Gebortsdag wünscht di dien leebe Puh.‹ Dat hett dat to bedüüden, wat dor schreeben steiht. Un du kannst dor ook wat rindoon. Dor hest' dat!«

As I-Ah den Pott to sehn kreeg, do wörr he ganz hibbeli.

»Du leebe Tiet!« sää he. »Ik meen, mien Ballon geiht jüst rin in düssen Pott!«

»Nee, nee, I-Ah«, sää Puh. »So'n Ballon is veel to groot för so'n Pott. Ik segg di, wat'n so mit Ballons mooken deit: De höllst du fast ...«

»Man ni mienen«, sää I-Ah stolt. »Kiek mool, Farken!«

Un as Farken truuri üm sick keek, do klei I-Ah den Ballon op mit sien Tehnen un leeg em sacht in den Pott; nehm em nochmool ruut un leeg em op de Ier; un klei em denn wedder op un leeg em sacht trügg in'n Pott.

»Dat geiht jo!« sää Puh. »De geiht dor jo rin!«

»Jo, dat geiht!« sää Farken. »Un du kriggst em dor ook wedder ruut!«

»Ni wohr?« sää I-Ah. »De geiht rin un ook wedder ruut – meist as niks.«

»Dat freit mi banni«, sää Puh vergneugt, »dat mi so'n Passlichen Pott as Goov infullen is, wo en ook wat rindoon kann.«

»Dat freit mi banni«, sää Farken vergneugt, »dat mi sowat as Goov infullen is, wat'n in so'n Passlichen Pott rindoon kann.«

Man I-Ah heur gor ni miehr hen. He nehm den Ballon

ruut un leeg em wedder trügg un frei sick dor to as man een …

»Un *ik* heff em niks schenkt?« freug Christopher Robin truuri.

»Kloor hest du dat doon«, sää ik. »Du hest em – hest' dat vergeeten – en lütten – en lütten – «

»Ik heff em en lütten Farvkassen schenkt, dor kunn he wat mit moolen.«

»Na, kloor.«

»Worüm heff ik em den ni al in de Freuh schenkt?«

»Do hest du di al banni mit sien Fest afgeeben un allns trechtmookt. He kreeg en Kooken mit Suckerkroom booben op un dree Lichten, un sien Noom stünn dor op schreeben mit rosa Suckerguss un – «

»Jo, *nu* fallt mi dat wedder in«, sää Christopher Robin.

Häuftstück VII

Kängu un Lütt Ruh koomt in't Holt, un Farken warrt wuschen

Nüms kunn eegens seggen, 'neem se vun weg weuren, man op'nmool weuren se dor in't Holt: Kängu un Lütt Ruh. Puh hett Christopher Robin mool froogt: »Woans sünd de noh hier koomen?« Do sää Christopher Robin: »So as dat nu mool begäng is, wenn du mi versteihst, Puh«, un Puh, de dat ni wüss, sää: »Aha!« Denn nickköpp he tweemool un sää: »So as dat nu mool begäng is. Na, denn!« Un denn marscheer he af un wull sien' Fründ Farken beseuken un sehn, wat *he* dor to meen. Un bi Farken sien Huus, dor fünn he Kaninken. Se hebbt denn alltohoop dor öber snackt.

»Wat ik dor an ni lieden mag, dat is düt«, sää Kaninken. »Dor sünd wi – du, Puh, un du, Farken, un Ik – man mit'n-mool – «

»Un I-Ah«, sää Puh.

»Jo, un I-Ah – man mit'nmool – «

»Un Uhl«, sää Puh.

»Jo, un Uhl – man denn so ganz mit'nmool – «

»Oh, un I-Ah«, sää Puh. »*Em* heff ik vergeeten.«

»Dor – sünd – wi«, sää Kaninken ganz sacht un sinni, »wi – all – tohoopen, man denn mit'nmool, do mookt wi an en scheunen Morgen de Oogen op, un wat seht wi? Dor is en Beest mang uns, wat dor ni henheurt. En Beest, wo wi noch nie nich vun heurt harrn! En Beest, dat sien Fomilje

in sien' Büdel mit sick rümdriggt! Stell di vöör, *ik* wörr *mien* Fomilje mit mi in *mien'* Büdel rümdreegen, woveel Büdels müss ik denn hebben?«

»Sössteihn«, sää Farken.

»Sünd dat ni sööbenteihn?« sää Kaninken. »Un noch een' för en Daschendook – mookt achtteihn. Achtteihn Büdels in een Kledoosch! Dor langt mien Tiet ni to.«

Dat geev nu en lang un nohdenkern Paus ... un denn sää Puh – he harr mit so'n Krünkelstiern en poor Minuten ganz dull nohdacht: »Bi *mi* sünd dat föffteihn.«

»Wat?«, sää Kaninken.

»Föffteihn.«

»Föffteihn wat?«

»Dien Fomilje.«

»Wat is loos mit jüm?«

Puh klei sick an de Nees un sää, he dach, Kaninken harr wat vun sien Fomilje vertellt.

»Heff ik dat?« sää Kaninken so eeben hen.

»Jo, du hest seggt – «

»Is egool, Puh«, sää Farken ungedülli. »De Froog is doch, Wat wüllt wi mit Kängu mooken?«

»Ah, ik verstoh«, sää Puh.

»Dat Best«, sää Kaninken, »dat's amenn düt. Dat Best is, wi grapscht uns Lütt Ruh un verstickelt em, un wenn Kängu denn seggt: ›Woneem is Lütt Ruh afbleeben?‹, denn seggt wi: *›Aha!‹*«

»Aha!« sää Puh un probeer dat al. *»Aha! Aha!* ... Kloor«, sää he denn, »wi kunnen jo ook ›Aha!‹ seggen, ohn' dat wi uns Lütt Ruh grapscht harrn.«

»Puh«, sää Kaninken fündli, »du hest keen' Spier Grips.«

»Weet ik sülm«, sää Puh trügghöllern.

»Wi seggt *›Aha!‹*, un denn weet Kängu, wi weet, woneem Lütt Ruh afbleeben is. *›Aha!‹*, dat meent: ›Wi seggt di, 'neem Lütt Ruh afbleeben is, un du seggst uns to, dat du di ut' Holt verdrücken un nie nich wedder trüggkoomen deist.‹ Nu sabbelt man ni, ik will nohdenken.«

Puh güng in en Eck un probeer dat »Aha!« mit düsse Stimm ut. Af un an dach he, dat kümmt ruut, wat Kaninken meent, man af un an dach he ook, dat kümmt ni ruut. »Ik meen, dat bringt dat Euben«, dach he. »Wat Kängu dat woll ohn' Euben versteiht?«

»Dor is nu noch wat«, sää Farken un wippsteert dor beeten bi rüm. »Ik heff mit Christopher Robin snackt, un he meen, so'n Kängu warrt normolwies de Beeten Wilderen Beesters toreekent. Ik bün ni bang vöör de geweuhnlichen Wilden Beesters, man wi weet jo: Wenn so Een vun de Wilderen Beesters mool Sien Jungdeert Afhannen kümmt, denn warrt dat so wild as Twee vun de Wilderen Beesters. Un wenn dat so is, denn is *›Aha!‹* woll beeten *bleud.*«

»Farken«, sää Kaninken, kreeg en Bliepenn ruut un lick dat End af, »du hest keen Kuroosch ni.«

»Dat's ni licht to mit de Kuroosch«, sää Farken un snüffel beeten, »wenn en bloots to de Ganz Lütten Beesters heuren deit.«

Kaninken harr wieldess hild mit' Schrieben anfungen, keek op un sää:

»Jüst as so'n ganz lütt Beest büst du to wat Nütt in dat Obentüür, wat nu op uns tokümmt.«

Farken weur nu ganz hiddeli bi den Gedanken, ik bün to wat Nütt, un do harr dat mit'nmool all sien' Bammel vergeeten, un as Kaninken nu wieter snacken dee un sää, de Kängus sünd bloots in'n Winter Wild un to anner Tieden in't Johr Ganz Seut, do kunn he meist gor ni miehr still sitten, he wull nu op'n Stutz to wat nütt sien.

»Un wat is nu mit mi?« sää Puh truuri. »Mi dücht, *ik* sall to niks nütt sien?«

»Dat mookt niks, Puh«, sää Farken un wull em begööschen. »Villicht annermool.«

»Ohn' Puh«, sää Kaninken fie'erli, as he sien Bliepenn spitz mooken dee, »löppt düt Obentüür överhaupt ni.«

»Wat du ni seggst!« sää Farken un wull dor ni mucksch bi utsehn. Man Puh güng in en Eck vun de Stuuv un sää vull Stolt bi sick sülm: »Dat löppt ni ohn' Mi! *So'n* Oort vun Boor bün *ik*.«

»Nu heurt mi mool alltohoop to«, sää Kaninken, as he mit sien Schrievwark fardi weur, un Puh un Farken hebbt em niep mit open Muul toheurt. Kaninken lees jüm nu vöör:

WOANS WI UNS LÜTT RUH GRAPSCHEN KÖÖNT

1. *Vöörweg:* Kängu löppt gauer as Wi alltohoop, Mi mitreekent.
2. *Noch wat vöörweg:* Kängu hett jümmers en Oog op Lütt Ruh, bloots ni, wenn Lütt Ruh toknöppt in ehrn Büdel sticken deit.
3. *Dorüm:* Wüllt wi uns Lütt Ruh grapschen, denn mööt wi en *handycap* hebben: Kängu löppt gauer as Wi alltohoop, Mi mitreekent. (*Kiek noh bi 1!*)
4. *En Gedank:* Amenn jumpt Lütt Ruh mool ruut ut Kängu ehrn Büdel un Farken jumpt dor rin; Kängu markt denn gor ni den Ünnerscheed: Farken is jo man en Ganz Lütt Beest.
5. Jüst as Ruh.
6. Kängu mutt denn obers noh de anner Siet kieken, denn warrt se Farken ni wies, wenn't dor rinjumpen deit.
7. Kiek noh bi 2!
8. *Noch en Gedank:* Man wenn Puh banni opreegt mit ehr snacken deit, denn *kann* se amenn för'n Oogenblick noh de anner Siet kieken.
9. Un denn kann ik mit Ruh wegloopen.
10. Gau.
11. *Un Kängu warrt den Ünnerscheed ierst wies, wenn't al to Loot is.*

Jo, Kaninken lees dat nu stolt vöör, un för'n lütten Oogenblick achteran hett ook nüms wat seggt. Man denn kreeg Farken – he harr de heele Tiet dor seeten mit Muul op un wedder dicht un ohn' wat to seggen – mit en grooten Klüüten in'n Hals ruut:

»Un – Achteran??«

»Wat wullt du dor mit seggen?«

»Wenn Kängu den Ünnerscheed Ruutkriegen deit?«

»Denn seggt wi alltohoop: *›Aha!‹*«

»All dree vun uns?«

»Jo.«

»Mann-oh-Mann!«

»Worüm, wat is dien Probleem, Farken?«

»Nee, niks«, sää Farken, »wenn *all dree vun uns* dat seggen doot. Un solang as all dree vun uns dat seggt«, sää Farken, »heff ik dor niks geegen«, sää he, »man ik wull ni giern alleen *›Aha!‹* seggen. Dat wörr sick ni *half so goot* anheuren. Blangenbi«, sää he, »du *büst* di dor heel seeker mit, wat du vun de Wintermoonden seggt hest?«

»De Wintermoonden?«

»Jo, sünd bloots Wild in de Wintermoonden.«

»Ach, jo, jo, dat's kloor. Man nu to di, Puh! Du weesst doch, wat du to doon hest?«

»Nee«, sää Puh. »Opstunns noch ni«, sää he. »Wat *heff* ik to doon?«

»Na, du sasst Kängu bloots beeten vullsabbeln, dat se süss niks marken deit.«

»Leeve Tiet! Wo sall ik öber snacken?«

»Wat du wullt.«

»Du meenst, ik sall ehr en poor vun mien Gedichten opseggen un all sowat?«

»Jüst so«, sää Kaninken, »wunnerbor. Nu man to.«

Se sünd nu alltohoop loos un wullen noh Kängu kieken.

Kängu un Ruh hebbt en sinnigen Nohmeddag in' Holt tobröcht, dor, 'neem dat ook Sand geeben deit. Lütt Ruh probeer dat ut mit lütte Jumpers in'n Sand un füll dor bi in Muuslöcker un krabbel dor wedder ruut, un Kängu wippsteert rund un sää: »Bloots noch een' Jump, mien Seuten, un denn mööt wi tohuus gohn.« Un jüst in düssen Oogenblick stapp nüms anners den Bult rop as Puh.

»Go'en nohmeddag, Kängu.«

»Go'en Nohmeddag, Puh.«

»Kiek mool, wat ik jumpen kann«, quietsch Ruh un füll in en anner Muuslock.

»Hallo, Ruh, mien Lütten!«

»Wi sünd jüst op'n Weg noh Huus«, sää Kängu. »Go'en Nohmeddag, Kaninken. Go'en Nohmeddag, Farken.«

Kaninken un Farken – jüst op de anner Siet vun'n Bult ropkoomen – sään: »Go'en Nohmeddag« un »Hallo, Ruh«, un Ruh wull, dat de beiden em bi't Jumpen tokieken, dorüm sünd se dor bleeben un keeken em to.

Un ook Kängu keek mit to …

»Wat ik seggen wull, Kängu«, sää Puh – Kaninken harr em al tweemool toplinkert –, »ik weet ni recht: Interseerst du di öberhaupt för Riemels?«

»Ni dat ik wüss«, sää Kängu.

»Äh!« sää Puh.

»Ruh, mien Seuten, bloots noch een' Jump, un denn mööt wi noh Huus.«

Dat bleev nu en Oogenblick still. In düsse Tiet füll Ruh nu in en anner Muuslock.

»Man to«, swiester Kaninken beeten luut achter sien Poot.

»Wi snackt jo jüst öber Riemels«, sää Puh, »mi is jüst op'n Weg noh hier beeten wat infullen. Dat güng so. Äh – loot mool sehn – «

»Sowat ook!« sää Kängu. »Nu, Ruh, mien Seuten – «

»Düt lütt Gedicht warrt di toseggen«, sää Kaninken.

»Dat magst du lieden«, sää Farken.

»Heur dor man mool niep to«, sää Kaninken.

»Dat di ook niks achteruut seilen deit«, sää Farken.

»Jo, kloor«, sää Kängu, man se harr noch jümmers en Oog op Lütt Ruh.

»*Woans* güng dat nochmool, Puh?«, sää Kaninken.

Puh küchel beeten un füng loos:

REEGEN SCHREEBEN VUN'N BOOR, DE BANNI LÜTTEN GRIPS HETT

An'n Moondag, wenn de Sünn schient hitt,
Denn froog ik mi woll dat un düt:
»Is dat nu wohr oder ook schiet,
Un kriggst du düt un dat ook mit?«

An'n Dingsdag, wenn dat hogelt, sneet,
Denn weet ik, wat ik feuhl un weet,
Dat, meen ik, ook nüms anners weet,
Wat hier un dor un süsswo scheht.

Un Midd'week, wenn de Heeben blaag
Un ik ni weet, wat ik nu mag,
Denn froog ik mi: Wat kümmt vöördag,
Wenn he nu ehr un se em mag.

Un Dunnerdag, wenn't wedder freest
Un öber d'Bäum de Ruuchriep weest,
Denn froogt en sick op Marsch un Geest:
Wat's dat nu un wat's dat för'n Beest?

An'n Freedag –

»Jo, so is dat nu mool, oder?« sää Kängu un kunn dor ni op teuben, wat de Freedag mit sick bröch. »Bloots noch een' Jump, Ruh, mien Seuten, man denn *mööt* wi obers weg.«

Kaninken geev Puh nu sowat as en Pedd in'n Moors.

»Wi hebbt nu jüst öber Riemels snackt«, sää Puh gau, »büst du eegens al mool düssen Boom dor güntsiet wies worrn?«

»Woneem steiht de?« sää Kängu. »Man to, Ruh – «

»Jüst dor op de anner Siet«, sää Puh un wies achter Kängu ehrn Rügg.

»Nee«, sää Kängu. »Man nu jump man wedder rin, Ruh, mien Seuten, un denn goht wi noh Huus.«

»Du susst di mool den Boom dor güntsiet ankieken«, sää Kaninken. »Sall ik di in'n Büdel stecken, Ruh?« Un he böör Ruh mit sien Pooten op.

»Ik kann vun düsse Steed ut en Vogel dor binn' den Boom sehn«, sää Kaninken, »oder is dat en Fisch?«

»Eegens susst du den Vogel vun düsse Steed ut sehn«, sää Kaninken. »Wenn dat man keen Fisch is.«

»Dat's keen Fisch, dat's en Vogel«, sää Farken.

»So is dat«, sää Kaninken.

»Is dat nu en Stoor oder en Amsel?« sää Puh.

»Dat's öberhaupt de Froog«, sää Kaninken. »Is dat nu en Amsel oder en Stoor?«

Un denn dreih Kängu oplest doch noch ehrn Kopp un wull nohkieken. Un as se ehrn Kopp wegdreiht harr, do sää Kaninken mit luude Stimm: »Rin mit di, Ruh!«, un Farken jump in Kängu ehrn Büdel, un af hoppel Kaninken mit Ruh in sien Pooten, so gau as he man kunn.

»Woneem is eegens Kaninken afbleeben?« sää Kängu un dreih sick wedder üm. »Geiht di dat goot, Ruh, mien Lütten?«

Farken geev en quietschen Ruh-Luut vun sick, vun ganz nerrn ut Kängu ehrn Büdel.

»Kaninken müss weg«, sää Puh. »Ik meen, em is mit'n-mool wat infullen, wat he beschicken müss.«

»Un Farken?«

»Ik meen, Farken is jüst to glieke Tiet ook wat infullen. Mit'nmool.«

»Na denn, wi mööt uns op'n Weg noh Huus mooken«, sää Kängu. »Tschüüss, Puh.« Un mit dree groote Sätz weur se weg.

Puh keek ehr noh, as se güng.

»Ik wull, ik kunn jüst so jumpen«, dach he. »Dat gifft Lüüd, de köönt dat, un anner köönt dat ni. So is dat nu mool.«

Man dat geev Oogenblicken, do harr sick Farken to freit, wenn Kängu dat ni kunn. Fooken, wenn he en wieten Weg döör't Holt trügg noh Huus harr, do wull he giern en Vogel ween; man nu dach he bi sick sülm in Kängu ehrn Büdel in Hopsers:

»Wenn dat hier Fleegen is, denn warr ik mi dor nie nich an weuhnen.«

Un wenn dat noh booben in de Luft güng, denn sää he: *»Ou-ou-ou-ou-ou!«,* un wenn dat wedder dool güng, denn sää he: *»Au!«* Un he sää op'n ganzen Weg hen noh Kängu ehr Huus: *»Ou-ou-ou-ou-au, Ou-ou-ou-ou-ou-au, Ou-ou-ou-ou-ou-au!«*

As Kängu ehrn Büdel opknöppen dee, kloor, do hett se glieks markt, wat sick dor afspeelt harr. För en lütten Oogenblick dach se, se müss bang ween, man denn wüss se, dat deit ni neudi; se harr dat Gefeuhl, Christopher Robin warrt keen' Verläuv ni geeben, dat Ruh wat passeert. Dorüm sää se to sick sülm: »Wenn de dor Spijöök mit mi mookt, denn mook ik ook mien' Spijöök mit jüm.«

»Nu, Ruh, mien Lütten«, sää se un lang sick Farken ut ehrn Büdel. »Sloopenstiet.«

»Aha!« sää Farken, so goot, as he dat noh düssen Horror-Trip man kunn. Man dat *»Aha!«* weur ni so banni goot, un Kängu verstünn ook schiens gor ni, wat dat to bedüüden harr.

»Man nu ierstmool waschen«, sää Kängu ganz kandidel.

»Aha!« sää Farken nu wedder un keek sick kribbeli noh de annern üm. Man nüms vun de annern weur dor. Kaninken speel mit Lütt Ruh in sien eegen Huus un kunn dat mit jeede Minuut beeter lieden, un Puh, de wull nu en

Kängu warrn un probeer in de Sandkuhl dor booben in't Holt noch jümmers dat Jumpen.

»Ik weet ni recht«, sää Kängu nohdenkern, »amenn is dat en goode Idee, wenn du di vunobend mool *koolt* waschen deist, meenst du dat ni ook, Ruh?«

Farken harr noch nie nich veel öber hat för't Waschen, dorüm schudder he dull un opsternootsch mit de Schullern un sää so kurascheert, as dat man güng:

»Kängu, ik meen, nu is Tiet, dat wi mool kloor mit'nanner spleeken doot.«

»Du büst di jo gediegen, Lütt Ruh«, sää Kängu, as se dat Boodwooter proot harr.

»Ik bün *nich* Ruh«, sää Farken luut. »Ik bün Farken!«

»Jo, mien Schieter, jo«, begöösch Kängu. »Un denn mookst du ook noch Farken sien Stimm noh! So'n plietschen Kierl«, sää se denn un lang sick en Stück geele Seep ut' Schapp. »Wat kümmt *nu* woll noch allns?«

»Kannst du ni *kieken*?« reup Farken. »Hest du keen Oogen in'n Kopp? Kiek mi doch an!«

»Ik *kiek* jo, Ruh, mien Lütten«, sää Kängu ganz iernsthafti. »Un du weesst, wat ik di güstern seggt heff öber't Muul Vertrecken. Wenn du noch wieterhen dien Muul so as Farken vertrecken deist, denn *sühst* du looterhen ook *ut* as Farken – un dat warrt di *denn* nochmool leed doon. Un nu man rin in de Wann, un dor warrt nu ni miehr öber snackt.«

Iehr dat sick Farken besinnen kunn, weur he in de Wann,

un Kängu schrubb em orri af mit en grooten schüümen Waschlappen.

»Au!« schreeg Farken. »Ik will ruut! Ik bün Farken!«

»Mook dat Muul ni op, mien Lütten, ans kriggst dat Muul vull Seep«, sää Kängu. »Kiek! Wat heff ik di seggt?«

»Dat – dat – dat hest du ekstra mookt«, blubber Farken ruut, as he wedder snacken kunn … un denn kreeg he den

schüümen Waschlappen tofallswies wedder in't Muul.

»So is dat goot, mien Lütten, segg niks«, sää Kängu, un beeten looter weur Farken ruut ut de Wann, un Kängu rubbel em mit'n Handdook dreug.

»So«, sää Kängu, hier hest du nu noch dien Medezien, un denn rin in de Puuch.«

»W-w-wat för'n Medezien?« sää Farken.

»Dat du mool groot un steebi warrst, mien Lütten. Du wullt doch ni so lütt un mickeri warrn as Farken, oder? Na, süh!«

In düssen Oogenblick klopp dat an de Döör.

»Man rin«, sää Kängu, un Christopher Robin keum rin.

»Christopher Robin, Christopher Robin!« schreeg Farken. »Vertell Kängu, wokeen ik bün! Se seggt in eene Tuur, ik bün Ruh. Man ik bün *nich* Ruh, is dat ni kloor?«

Christopher Robin keek em sacht un sinni an un schüddköpp.

»Nee, dat geiht ni, du büst ni Ruh«, sää he. »Ruh heff ik jüst noch in Kaninken sien Huus sehn. Dor speelt he.«

»Na, sowat!« sää Kängu. »Gediegen ober ook! Gediegen, dat ik mi so verkieken kunn.«

»Sühst' woll!« sää Farken. »Ik heff di dat seggt. Ik bün Farken.«

Christopher Robin schüddköpp wedder.

»Nee, nee, du büst ni Farken«, sää he. »Ik kenn Farken

Christopher Robin schüddköpp wedder.

»Nee, nee, du büst ni Farken«, sää he. »Ik kenn Farken banni goot, he hett en *ganz* anner Farv.«

Farken wull jüst seggen, dat kümmt vun't Waschen, man denn dach he, he sull dat beeter ni seggen, un as he denn doch dat Muul opmooken un heel wat anners seggen wull, do scheuv em Kängu den Lepel mit de Medezien in't Muul un klopp em denn noch op de Rügg un vertell em, wo goot dat eegens smecken dee, wenn en sick dor ierstmool an wennt hett.

»Ik heff dat doch wüsst, dat is ni Farken«, sää Kängu. »Man ik froog mi, wokeen is dat denn.«

»Dat is amenn een vun Puh sien Sipp«, sää Christopher Robin. »Villicht en Broderkind oder en Unkel oder wat weet ik?«

Kängu plich em bi, sowat kunn dat amenn sien, un meen, se müssen em nu ook noch so'n Noom' geeben.

»Ik warr em Puutel neumen«, sää Christopher Robin. »Kort af un doch: Hinni Puutel.«

Un jüst, as se sick dor öber afsprooken harrn, do wrung sick Hinni Puutel ut Kängu ehr Arms ruut un jump op de Ier. To'n Glück harr Christopher Robin de Döör ni dicht mookt. Noch nie nich is Hinni Puutel Farken so gau loopen as nu, un he heur ni op mit' Loopen, iehr dat he dicht bi sien Huus anlangt weur. Man so üm un bi hunnert Meeters weg, dor stopp he un rull den Rest vun'n Weg noh Huus, dat he ook wedder sien oole komoodige Farv kreeg …

Kängu un Ruh bleeben denn in't Holt. Un jeedweeden Dingsdag, do weur Ruh den heelen Dag tohoop mit sien' gooden Fründ Kaninken, un jeedweeden Dingsdag weur ook Kängu den heelen Dag tohoop mit ehrn gooden Fründ Puh un bröch em dat Jumpen bi, un jeedweeden Dingsdag weur Farken den heelen Dag tohoop mit sien' gooden Fründ Christopher Robin. Un alltohoop weuren se tofreeden.

Häuftstück VIII

Christopher Robin hett dat Leit bi'n Ekspotitschoon to'n Noordpool

An een' scheunen Dag stapp Puh rop noh'n Topp vun't Holt un wull mool sehn, wat sick sien Fründ Christopher Robin öberhaupt noch för Booren interseeren dee. Bi't Freuhstück an düssen Morgen (bloots en ganz eenfache Mohltiet: beeten Appelsienenmarmelood öber en Honniwoov oder ook twee), do dach he sick mit'nmool en nie Leed ut. Dat füng so loos:

»Jo, jo! Lusti is dat, en Boor to sien!«

As he sowiet weur, klei he sick an'n Kopp un dach bi sick sülm: »Dat is en wunnerboren Anfang för'n Leed, man woans geiht dat nu in de tweete Reeg wieter?« He probeer dat un süng twee- oder dreemool »jo«, man dat hölp em schiens ni wieter. »Dat is amenn beeter«, dach he, »ik sing: ›Jee, jee! Lusti is dat, en Boor to sien.‹« He süng dat … man dat weur ni beeter. »Na, goot«, sää he, »denn warr ik de ierste Reeg tweemool singen, un wenn ik dat nu banni gau mooken doo, denn sing ik amenn de drütte un de veerte Reeg, ohn' dat ik dor tovöör öber nohdenken kunn, un dat warrt denn en Scheun Leed. Denn man to:

Jo, jo! Lusti is dat, en Boor to sien!
Jo, jo! Lusti is dat, en Boor to sien!
Is mi schietegool, wat dat reegent oder sneet,
Ik heff en Honnipott op de Nees, so veel ik weet.
Is mi schietegool, wat dat sneet oder daut,
De Honnipott in mien Poot, de mookt mi ni benaut!
Jo, jo! Lusti is dat, en Boor to sien!
Jo, jo! Lusti is dat, Puh Boor to sien!
Un in een, twee Stünnen, do krieg ik wedder beeten wat rin!«

He frei sick so dull to sien Leed, he müss dat op'n heelen Weg rop op'n Topp vun't Holt singen. »Un wenn ik dat noch veel länger singen doo«, dach he, »denn is dat ook glieks Tiet för lütt beeten wat, un denn is de leste Reeg gor ni miehr wohr.« Dorüm hett he dat denn bloots noch summt.

Christopher Robin hett buuten vöör sien Döör seeten un wull in sien groote Steebeln rin. As Puh düsse grooten Steebeln seeg, do wüss he op'n Stutz, dat löppt op'n Obentüür to, un he wisch sick den Honni mit de Rügg vun sien Poot vun de Nees, un he putz sick so goot ruut, as dat man güng, weegen he dor mit wiesen wull, dat he för Allns Proot is.

»Go'en Morgen, Christopher Robin«, reup he.

»Hallo, Puh Boor. Ik koom ni rin in düssen Steebel.«

»Schiet ook«, sää Puh.

»Meenst' ni, dat du mi beeten afsteuten kunnst. Ik mutt so dull trecken, dat ik rügglangs doolfallen doo.«

Puh güng sitten un buddel sien Feut in de Ier, un drück so dull, as he kunn, geegen Christopher Robin sien Rügg, un Christopher Robin drück jüst so dull geegen Puh sien Rügg un trock un trock an sien' Steebel, bit he oplest dor rinkeum.

»Dat hebbt wi nu buuten'n Kopp«, sää Puh. »Man wat is nu an de Reeg?«

»Wi goht nu alltohoop op'n Ekspeditschoon«, sää Christopher Robin. He stünn op un klopp sick af. »Besten Dank ook, Puh.«

»Op'n Ekspotitschoon?« sää Puh drifti. »Ik gläuv, ik heff bi sowat noch nie nich mitmookt. Woneem geiht dat hen op düsse Ekspotitschoon?«

»Ekspeditschoon, du dummerhaftigen oolen Boor. Dor is en ›ks‹ binn'«.

»Ach!«, sää Puh. »Dat weet ik sülm.« Man he wüss dat jo ni, kloor.

»Wi wüllt den Noordpool finnen.«

»Ach!« sää Puh wedder. »Wat *is dat*, de Noordpool?« freug he.

»Dat's jüst dat, wat en ruutfinnen sall«, sää Christopher Robin blangenbi, un weur sick dor ook ni so heel seeker bi.

»Ach so! Kloor«, sää Puh. »Sünd Booren to wat nütt bi't Ruutfinnen vun sowat?«

»Kloor sünd se dat. Un Kaninken un Kängu un ji alltohoop. Dat is en Ekspeditschoon. Dat is, wat Ekspeditschoon bedüüden deit. All de Lüüd in en lange Reeg. Dat weur goot, wenn du nu de annern vertellst, se sööt sick fardi mooken, un ik kiek mool noh, wat mien Scheetgewehr ook proot is. Un wi mööt alltohoop Proviant mitbringen.«

»Wat mitbringen?«

»Wat to eeten.«

»Ach so!« sää Puh un frei sick. »Ik dach, du hest Proviant seggt. Ik goh un geev de annern Bescheed.« Un he stapp afsteed.

Toierst keum em Kaninken in de Meut.

»Hallo, Kaninken«, sää he, »büst du dat?«

»Loot uns mool so doon, as weur ik dat ni«, sää Kaninken, »mool sehn, wat denn passeert.«

»Ik heff en Nohricht för di.«

»Ik geev em dat wieter.«

»Wi goht alltohoop mit Christopher Robin op en Ekspotitschoon.«

»Wat is dat, wenn wi dor nu op sünd?«

»Woll sowat as en Boot, meen ik«, sää Puh.

»Ah! Sowat.«

»Jo, wi wüllt den Pool finnen oder jichtenssowat. Oder weur dat en Kohl? Egool, wi wüllt dat finnen.«

»Is dat wohr?«

»Jo. Un wi sööt Pro-wat to eeten mitbringen. Wenn wi wat eeten wüllt. Ik goh nu noh Farken. Seggst du Kängu Bescheed?«

He leet Kaninken stohn un leep gau noh Farken sien Huus. D'at Farken seet bi de Döör vun sien Huus op de Ier un bloos vull Freid in en Botterbloom un wull ruutkriegen: is dat nu düt Johr, anner Johr, jichtenswanniehr mool oder nie nich. He harr jüst ruutfunnen: Dat warrt nie nich sien, un wull sick dor nu op besinnen, wat *»dat«* weur, sachs niks, wat scheun is, do düüker Puh op.

»Mann! Farken«, sää Farken hiddeli, »wi wüllt op en Ekspotitschoon gohn, wi alltohoop, mit wat to eeten. Wat ruutfinnen.«

»Wat ruutfinnen?« sää Farken bang.

»Na, jüst jichtenswat.«

»Niks wat för uns mulmi warrt?«

»Christopher Robin hett niks vun mulmi seggt. He sää bloots, dor is en *›ks‹* binn'.«

»Ik heff niks gegen en Niks«, sää Farken iernsthafti.

»Wenn se mi niks deit. Man wenn Christopher Robin mitkümmt, denn is mi dat egool.«

Dat hett ni lang duuert, do stünnen se alltohoop proot op'n Topp vun't Holt, un de Ekspotitschoon güng loos. Vöörweg Christopher Robbin un Kaninken, denn Farken un Puh; denn Kängu mit Ruh in ehrn Büdel un Uhl; denn I-Ah; un ganz an't End vun de Slang all de Frünnen un de Sippschop vun Kaninken.

»Ik heff jüm ni froogt«, verkloor Kaninken so blangenbi. »De sünd eenfach mitloopen. Dat mookt se jümmers. De köönt ganz achtern mitmarscheeren, noch achter I-Ah.«

»Wat ik dor to meen«, sää I-Ah, »dat bringt mi döör'neen. Ik wull gor ni mit op düsse Ekspo-wat Puh seggt hett. Dat is bi mi bloots Plichtgefeuhl. Man nu bün ik dor; un wenn ik dat End vun de Ekspo-wo wi vun snackt hebbt –, denn loot mi man ook dat End *sien*. Man wenn ik mool meud bün un denn för en Oogenblick sitten goh, un denn jümmers en half Dutz vun Kaninken sien lüttere Frünnen un Sippschopslüüd wegjoogen mutt, denn is dat keen Ekspo-wat ook jümmers dat is – is dat denn ni, denn is dat bloots en gröhli Kuddelmuddel. Dat segg *ik* dor to.«

»Ik verstoh, wat I-Ah meent«, sää Uhl. »Wenn ji mi froogen doot – «

»Ik froog nüms«, sää I-Ah. »Ik vertell ju bloots wat. Wi kööönt den Noordpool seuken, man wi kööönt ook ›Kumm, Marie, un danz mit mi‹ speelen un dor koppheister bi scheeten. Mi is dat eendoont.«

Do reup een vun ganz vöörn.

»Af he geiht!« reup Christopher Robin.

»Af he geiht!« reupen Puh un Farken.

»Af he geiht!« reup Uhl.

»Dat geiht af«, sää Kaninken. »Ik mutt loos.« Un he pees af noh de Spitz vun de Ekspotitschoon mit Christopher Robin.

»Na, denn«, sää I-Ah. »Dat geiht loos. Man Ik Will Achteran Niks Heuren.«

Se sünd nu alltohoop af un wullen den Pool finnen. Un as se so leepen, do snacken se mit'nanner öber düt un dat, bloots Puh ni, de hett sick wedder en Leed utdacht.

»Dat is nu de ierste Strooph«, sää he to Farken, as he dor kloor mit weur.

»De ierste Strooph vun wat?«

»Vun mien Leed.«

»Vun wat för'n Leed?«

»Vun düt Leed.«

»Vun wat för een'?«

»Wenn du toheurst, Farken, denn warrst' dat ook wies.«

»Wovun weesst du, dat ik ni toheuren doo?«

Dor wüss Puh niks op to seggen, dorüm fung he nu an mit sien Leed.

Se all sünd loos un twoors all op'n Mool,
    Uhl un Farken, to finnen den Pool;
Ook Kaninken un Kängu un I-Ah, de ool,
    To finnen den Pool un twoors all mit'nmool.
Christopher Robin, de hett jo veel Plie,
Ook Puh un Kaninken sien Sippschop mit bi –
Bloots 'neem de Pool liggen deit, wüssen se ni …
    Un wenn dat ni slumpt, denn is't ook egool!

»Psst!« sää Christopher Robin un dreih sick üm noh Puh. »Wi sünd jüst bi en Gefohren-Steed anlangt.«

»Psst!« sää Puh un dreih sick gau üm noh Farken.

»Psst!« sää Farken to Kängu.

»Psst!« sää Kängu to Uhl. Ünnerdess sää Ruh en poormool ganz liesen »Psst!« to sick sülm.

»Psst!« sää Uhl to I-Ah.

»Psst!« sää I-Ah mit en ganz greesige Stimm to all de Frünnen un Sippschopslüüd vun Kaninken, un de hebbt denn ook fuurts *»Psst!«* een to'n annern seggt, de ganze Reeg lang bit hen noh'n allerlesten dor an't End. Un de lest un lüttst Sippschops-Fründ hett sick so verjoogt, as de ganze Ekspotitschoon to *em* »Psst!« seggen dee, dat he sien' Kopp noh nerrn in en Spleet vun de Ier steek un em dor twee Doog lang ni wedder ruuttrock, bit dat de Gefohr sick vertrocken harr; denn schees he fuurts noh Huus, dor bleev he denn still un unopfälli för den Rest vun sien Leeben bi sien Tant. Dat weur Alexander Sebber.

Se sünd denn bi en Beek anlangt. De slängel sick dööör mang steil un steeni Öbers, un Christopher Robin kreeg dat fuurts wies, wo gefährli dat weur.

»Dat's jüst de Steed«, verkloor he, »för en Öberfall.«

»Wat för'n Stall?« swiester Puh Farken to. »En Höhnerstall?«

»Mien leeve Puh«, sää Uhl in sien öberhanni Oort un Wies, »weesst du ni, wat en Öberfall is?«

»Uhl«, sää Farken, un keek sick dor vull Bedüüden bi noh em üm, »wat Puh dor swiestert hett, dat weur en heel privoot Swiestern, un dor geev dat keen' Grund – «

»En Öberfall«, sää Uhl, »dat's so'n Oort Öberraschung.«

»Dat is en Höhnerstall ook af un an mool«, sää Puh.

»En Öberfall, wull ik Puh jüst verklooren«, sää Farken, »dat's so'n Oort Öberraschung.«

»Wenn jichtenseen mit'nmool op di ropjumpen deit, denn is dat en Öberfall«, sää Uhl.

»En Öberfall, Puh, is, wenn jichtenseen mit'nmool op di ropjumpen deit«, verkloor Farken.

Puh wüss nu, wat en Öberfall is, un sää, he hett mool in'n Höhnerstall ni so recht oppasst, un dor is de ool Kreihohn op em ropjumpt, man villicht hett jo ook de ool Kreihohn ni so recht oppasst.

»Hier warrt ni över en Höhnerstall snackt«, sää Uhl beeten quarkmuulsch.

»Man ik doo dat«, sää Puh.

Se sünd nu banni vöörsichti de Beek rop, vun een' Fels op den annern, un noh en lütte Tiet sünd se an en Steed koomen, dor weur dat Över an beide Sieden beeten wieter. Dat geev dor an beide Sieden en flach Streek mit Gras, dor kunnen se op sitten gohn un sick beeten verpuusten. Christopher Robin harr dat sehn un reup: »Stopp!«, un se güngen alltohoop sitten un verpuusten sick.

»Ik meen«, sää Christopher Robin, »dat wi nu all uns' Proviant opeeten doot, denn mööt wi ni so veel mit uns rümsleepen.«

»All uns' wat opeeten?« sää Puh.

»Allns, wat wi mit hebbt«, sää Farken, un güng glieks to Wark.

»Dat's en goode Idee«, sää Puh, un he güng ook glieks to Wark.

»Hebbt ji all wat mit?« freug Christopher Robin, dat Muul vull.

»Bloots ik ni«, sää I-Ah. »As jümmers.« He keek rund op sien deepsinni Wies. »Wohrschiens sitt jo woll nüms vun ju tofallswies op en Diestel?«

»Ik wohrschiens«, sää Puh. »Au!« He stünn op un keek noh achtern. »Jo, dat doo ik. Dach ik mi doch.«

»Besten Dank ook, Puh. Wenn du dat ni miehr bruuken deist.« He keum röber noh Puh hen un füng an mit't Eeten.

»Dor hebbt de Diesteln Niks vun, weesst' dat, wenn du op jüm sitten geihst«, sää he noch un keek bi't Gnabbern op. »De goht bi sowat twei. Annermool ni vergeeten, ji alltohoop. En beeten Rüggsicht, ook mool beeten an Anner Lüüd Denken, op sowat kümmt dat an in't Leeben.«

As he nu mit sien Meddageeten fardi weur, do swiester Christopher Robin to Kaninken, un Kaninken sää: »Jo, jo, kloor«, un de beiden güngen en lütt Flach Weg mit'nanner de Beek rop.

»De annern sööt dat ni mitkriegen«, sää Christopher Robin.

»Jüst so«, sää Kaninken un meuk en boosi Gesicht dor to.

»Dat is jo bloots – ik weet ni so recht – Dat's man bloots – Kaninken, ik gläuv, *du* weesst amenn ni, woans süht de Noodpool nu eegens ut.«

»Also«, sää Kaninken un streek sien Borthooren glatt. »Dat is di jo mool en Froog.«

»Ik heff dat mool wüsst, ik heff dat man bloots wedder vergeeten«, sää Christopher Robin meist blangenbi.

»Dat's di jo gediegen«, sää Kaninken. »Man ik heff dat

ook wedder vergeeten, liekers ik dat *freuher mool* wüss.«

»Is dat ni amenn bloots so'n Pohl, de in de Ier steeken deit?«

»Kloor, dat is en Pohl«, sää Kaninken, »dat heet jo ook Pohl, un wenn dat en Pohl is, denn, meen ik, warrt de jo woll ook in de Ier steeken, annerweegens kannst du sowat jo gor ni rinsteeken.«

»Jo, dat heff ik mi dacht.«

»Bloots noch en lütte Froog«, sää Kaninken, »*woneem stickt he nu woll*?«

»Dat's jo jüst dat, wat wi ruutfinnen mööt«, sää Christopher Robin.

Se güngen wedder trügg noh de annern. Farken leeg op de Rügg un sleep seut un deep. Ruh wusch sien Gesicht un sien Pooten in de Beek, un Kängu verkloor jeedweeden, dat weur nu to'n iersten Mool, dat Ruh sien Gesicht ohn' frömde Hölp waschen dee, un Uhl vertell Kängu en Intersante Geschicht mit veel lange Wöör so as Enzyklopädie un Rhododendron, man Kängu hett em gor ni toheurt.

»Ik hool dor ni veel vun, vun all düssen Waschkroom«, grummel I-Ah. »Düssen niemoodschen Tüünkroom mit Achter-de-Ohren. Wat meenst du, Puh?«

»Tjä«, sää Puh, »*ik* meen – «

Man dat warrt wi nu woll nie nich miehr künni, wat Puh meen, do geev dat mit'nmool so'n Janken vun Ruh, en Platschen un denn noch en Roop noh Hölp vun Kängu.

»Sowiet, wat düssen *Waschkroom* angeiht«, sää I-Ah.

»Ruh is in de Beek fullen!« schreeg Kaninken, un he pees tosoomen mit Christopher Robin dool un wull Ruh wedder ruuttrecken.

»Kiekt mool, ik kann swemmen!« quiek Ruh ut de Merrn vun'n Pool un seil en Wooterfall rünner in en annern Pool.

»Hest du dat goot, Ruh, mien Lütten?« reup Kängu beeten bang.

»Jo!« sää Ruh. »Kiek, wo ik sw – «, un dool he seil över en tweeten Wooterfall in en annern Pool.

Elkeen wull nu jichtenswat doon un hölpen. Farken, mit'nmool putzmunter, jump op un dool un geev »Mann-oh-Mann« un all sowat vun sick; Uhl verkloor, dat wenn'n Mit'nmool un Merrenmang mool Ünnergeiht, denn Kümmt Dat Dor Op An, den Kopp Över Wooter to hoolen; Kängu jump längs dat Över un sää: »Büst du *seeker*, dat du dat goot hest, Ruh, mien Lütten?«, un Ruh anter dor op, egool ut wat för'n Pool ook för den Oogenblick: »Kiek, ik kann swemmen!« I-Ah harr sick ümdreiht un hüng sien'

Steert öber den iersten Pool, 'neem Ruh rinfullen weur, un grummel mit sien' Rügg to de Unfallsteed liesen vöör sick hen un sää: »All düsse Waschkroom; man hool di fast an mien' Steert, lütt Ruh, un allns is kloor«; un Christopher Robin un Kaninken scheesen an I-Ah vöörbi un reupen de annern vöörweg jichtenswat to.

»Pass op, Ruh, ik bün glieks dor«, reup Christopher Robin.

»Smiet wieter nerrn wat öber de Beek, ji Lüüd«, reup Kaninken.

Man Puh wull al wat hoolen. Twee Peul wieter nerrn

stünn he al mit'n langen Pohl in sien Pooten, un Kängu düüker op un kreeg dat anner End tofoot, un se hoolen den Pohl an't ünnere End vun'n Pool dwars öber de Beek; un Ruh blubber noch jümmers vull Stolt: »Kiek, ik kann swemmen«, un dreev nu op den Pohl to un kladder ruut.

»Hebbt ji dat sehn? Ik kann swemmen!« quiek Ruh ganz hiddeli. Wieldess schüll Kängu em ut un dreug em af. »Puh, hest du mi bi't Swemmen sehn? Dor seggt en swemmen to, to dat, wat ik doon heff. Kaninken, hest du dat sehn, wat ik doon heff? Swemmen. Hallo, Farken! Du, ik meen di, Farken! Wat meenst du, heff ik doon! Swemmen! Christopher Robin, hest du mi sehn – «

Man Christopher Robin heur ni hen. He keek röber noh Puh.

»Puh«, sää he, »woneem hest du den Pohl funnen?«

Puh keek sick den Pohl in sien Hannen an.

»Heff ik jüst funnen«, sää he, »ik dach, de kümmt amenn mool goot topass. Ik heff em jüst mitnohmen.«

»Puh«, sää Christopher Robin fie'erli, »de Ekspeditschoon is vöörbi. Du hest den Noordpool funnen!«

»Ach!« sää Puh.

I-Ah seet dor mit sien' Steert in't Woter, as se alltohoop wedder bi em trügg weuren.

»Ruh sall sick beeten ranhoolen, vertell em dat mool jichtenseen«, sää he. »Mien Steert warrt koolt. Eegens wull ik dat gór ni seggen, man nu segg ik dat mool. Ni, dat ik mi bekloogen wull, nee, man dat is nu mool so. Mien Steert is koolt.«

»Hier bün ik!« quietsch Ruh.

»Kiek, dor büst du jo.«

»Hest du mi swemmen sehn?«

I-Ah trock sien' Steert ut' Woter un weddel dor mit vun de een Siet noh de anner.

»Heff ik mi dacht«, sää he. »Keen Gefeuhl mieh binn'. Feuhlt sick an as doof. Dat is nu dor bi ruutsuurt. Feuhlt sick an as doof. Na, wenn dat nüms wat utmooken deit, denn is dat woll recht so.«

»Stakkel oolt I-Ah. Ik dreug di dat af«, sää Christopher Robin, un he kreeg sien Daschendook ruut un rubbel den Steert af.

»Dank ook, Christopher Robin. Du büst schiens de eenzigst, de wat vun Steerten afversteiht. De annern denkt ni noh – soans verhhöllt sick dat mit en poor vun düsse Lüüd. De köönt sick sowat ni vöörstellen. So'n Steert is för *jüm* keen Steert ni, dat's för jüm bloots so'n Beeten Wat Boobenop an'n Achtersteeven.

»Mook di dor niks ut, I-Ah«, sää Christopher Robin un rubbel ganz dull. »Is *dat* nu beeter?«

»Feuhlt sick nu wedder beeten noh Steert an. Heurt nu wedder mit to, wenn du versteihst, wat ik meen.«

»Halli-hallo, I-Ah«, sää Puh, as he mit sien' Pohl bi jüm anlangen dee.

»Halli-hallo, Puh. Dank för de Nohfroog, man in een, twee Doog warr ik em wedder bruuken köönen.«

»Wat bruuken?« sää Puh.

»Wo wi jüst vun snackt.«

»Ik heff vun niks snackt«, sää Puh un keek verboost.

»Bün ik nu wedder schuld an. Ik dach, du wullt seggen, wo leed di dat deit mit mien' Steert, dat he ganz doof is, un wat du mi ni hölpen kunnst?«

»Nee«, sää Puh. »Dat bün ik ni ween«, sää he. He dach beeten noh un meen denn noothölpsch: »Weur amenn en anner.«

»Na, denn geev em mien' Dank wieter, wenn du em mool wedder sühst.«

Puh keek spannt noh Christopher Robin.

»Puh hett den Noordpool funnen«, sää Christopher Robin. »Is dat ni wunnerbor?«

Puh keek bescheeden dool.

»Un dat is he nu?« sää I-Ah.

»Jo«, sää Christopher Robin.

»Dat is dat, wat wi söcht hebbt?«

»Jo«, sää Puh.

»Ach!« sää I-Ah. »Na, denn – reegent hett dat jo tominnst ni«, sää he.

Se hebbt nu den Pohl in de Ier buddelt, un Christopher Robin hett dor en Nohricht an fastmookt.

NOORDPOOL
FUNNEN VUN PUH
PUH HETT EM FUNNEN

Denn güngen se alltohoop wedder tohuus. Un ik meen, man ik bün mi dor ni heel seeker, Ruh müss in en Wann mit hitt Wooter un denn stracks in de Puuch. Man Puh güng noh sien eegen Huus un weur banni stolt op dat, wat he mookt harr, un lang sick denn lütt beeten wat för de Moog, dat he ook wedder Murr in de Knooken kreeg.

Häuftstück IX

Farken steiht merrn in't Wooter

Dat reegen un reegen un reegen. Farken sää bi sick sülm, he harr noch nie nich in sien Leeben, un *he* weur jo nu, weet de Heeben, *wo* oolt dat he weur – dree, villicht, oder ook veer? – so'n Barg Reegen sehn. Dag för Dag för Dag.

»Harr ik man«, dach he, as he ut' Finster kieken dee, »harr ik man in Puh sien Huus ween oder in Christopher Robin sien Huus oder in Kaninken sien Huus, as dat anfangen dee mit'n Reegen, denn harr ik de heele Tiet Lüüd üm mi to hatt, man nu bün ik hier heel alleen un heff niks to beschicken, man bloots dat ik dor op teuv, wat de Reegen mool wedder opheurt.« Un he stell sick vöör, he weur mit Puh tohoop un wörr seggen: »Hest du al mool so'n Reegen sehn, Puh?«, un Puh wörr seggen: »Is dat ni *greesi*, Farken?«, un Farken wörr seggen: »Woans süht dat woll bi Christopher Robin ut?«, un Puh wörr seggen: »Ik stell mi vöör, dat stakkel oolt Kaninken sien Buu nu al ünner Wooter steiht.« Harr doch nett ween, se kunnen sick över all dat ünnerhoolen, un so is dat nu mool: Wat sall di so'n opreegen Sook as en Floot, wenn du di dor ni mit anner Lüüd över ünnerhoolen kannst.

Dat weur nu banni opreegen. De dreugen lütten Grüppen, woneem Farken so fooken in rümsnüffeln dee, de weuren nu Beeken, un de lütten Beeken, woneem he rümplanscht harr, de weuren nu Strööm, un de Stroom, an den sien Öbers se jümmers so seeli speelt harrn, de harr sick ut sien Bett ruutwöltert un bruuk nu öberall so'n wiet Flach, dat Farken sick nu sacht froogen dee, wat he ni woll ook noch bold in *sien* Bett krabbeln wull.

»Dat mook di beeten bang«, sää he to sick sülm, »wenn du so'n Banni Lütt Beest Merrn in't Wooter büst. Christopher Robin un Puh, de kunnen jo utneihn un op Bäum Kladdern, un Kängu kunn utneihn un Wegjumpen, un Kaninken kunn utneihn un sick Inbuddeln, un Uhl kunn utneihn un Wegfleegen, un I-Ah kunn utneihn un – un Luut Larm Mooken Üm Hölp, man ik sitt hier, merrn in't Wooter, un ik kann *rein gor niks* mooken.«

De Reegen heur ni op, un Dag för Dag stünn dat Wooter beeten heuger un weur nu meist bi Farken sien Fenster anlangt … un he harr dor noch jümmer niks geegen doon.

»To'n Bispill Puh«, dach he bi sick sülm. »Puh hett ni veel Grips, man em passeert eegens nie nich wat. He mookt veel Schiet, man amenn slumpt em allns. Oder Uhl. Uhl hett eegens ook keen' Grips, man he Weet Bescheed. He wüss, Wat to Doon, wenn he Merrn in't Wooter sitten deit. Oder Kaninken. He hett op niks Studeert, man he kann sick jümmers en Kloogen Ploon Utdenken. Oder Kängu. Is ook ni Klook, nee, man se scheert sick so dull üm Ruh, se deit, wat Goot Deit ohn veel Nohdenken. Oder denn is dor ook noch I-Ah. I-Ah is so schedderi topass, sowat wörr em ook ni veel utmooken. Ik froog mi bloots, wat Christopher Robin opstunns deit?«

Mit'nmool kunn he sick op'n Geschicht besinnen, de harr Christopher Robin em mool vertellt, un dat dreih sick üm en Kierl, de op'n dreuge Insel sitten dee, de harr wat schreeben un in'n Buddel proppt un denn de Buddel in de See smeeten; un Farken dach, wenn he nu ook wat schrieben un in en Buddel proppen un de Buddel denn in't Wooter smieten dee, denn kümmt dor amenn een un hoolt *em* hier ruut!

He is denn weg vun't Finster un söch in sien Huus rüm, dor, 'neem dat Wooter noch ni stünn, un oplest funn he en Bliepenn un ook en lütt Stück Papeer, un ook en Buddel mit'n Proppen, dat'n de Buddel ook dichtmooken kunn. Un denn schreev he op de een Siet vun'n Seddel:

TO HÖLP!
FARKEN (DAT BÜN IK)

Un op de anner Siet schreev he:

DAT BÜN IK FARKEN,
TO HÖLP TO HÖLP!

Denn stopp he den Seddel in de Buddel, un he propp de Buddel so dicht to, as dat man güng, un he boog sick ut' Finster ruut so wiet, as dat man güng, ohn' dat he in't Wooter füll, un he smeet de Buddel so wiet weg, as he man kunn – *platsch!* –, un noh'n lütten Oogenblick flutsch de Buddel wedder ut' deepe Wooter noh booben; un he kunn tokieken, woans de Buddel suutje wegseilen dee, so wiet, dat em dat amenn in de Oogen weh dee un he mool dach, dat's de Buddel, un annermool, dat's bloots en lütte Bülg, wat he dor wies wörr, un denn wüss he op'nmool, düsse Buddel sühst du nie nich wedder, un dat he nu allns mookt harr, wat he kunn, wenn he dor heel ruutkoomen wull.

»Un nu«, dach he, »sööt anner Lüüd wat doon, un ik wünsch mi, dat se dat gau mookt, ans mutt ik swemmen, wat ik jo ni kann, dorüm wünsch ik mi, dat se dat gau mookt.« Un denn süüfz he lang un deep un sää: »Ik wull, Puh weur hier. To tweet is dat doch veel netter.«

As dat mit'n Reegen anfüng, do hett Puh sloopen. Dat reegen un dat reegen und dat reegen, un he sleep un sleep un sleep. He harr en stuuren Dag achter sick. Du kannst di dor noch op besinnen, woans he den Noordpool funnen harr; jo, dor hett he so stolt op ween, dorüm freug he Christopher Robin, wat dat ni noch en poor anner Pools geeben dee, de ook en Boor mit Banni Lütten Grips finnen kunn.

»Dat gifft ook noch den Süüdpool«, sää Christopher Robin, »un ik meen, dat gifft ook noch en Oostpool un en Westpool, ook wenn de Lüüd dor ni vun snacken doot.«

Puh weur banni hiddeli, as he dor wat vun to weeten kreeg, un he meen, se sullen nochmool en Ekspotitschoon mooken un den Oostpool finnen, man Christopher Robin harr noch beeten wat anners mit Kängu to beschicken; dorüm harr sick Puh nu op'n Padd mookt un wull den Oostpool heel alleen finnen. Ik heff dat nu vergeeten, wat he den Oostpool funnen hett oder ook ni; man he weur so meud, as he wedder trügg weur, dat he merrn bi't Obendeeten – he harr man jüst för'n goode half Stünn wat eeten – fast insloopen dee op sien' Stohl, un he sleep un sleep un sleep.

Mit'nmool dräum he wat. He weur an'n Oostpool, un dat weur an banni koolen Pool mit den köllsten Snee un mit Ies allöberall. Man he fünn en Immenkorv, un dor kunn he jo eegens binn' sloopen, man de hett to lüüt ween för sien Beenen, he müss jüm dorüm buuten looten. Un Wildwuschels, de nu mool an'n Oostpool leeben doot, de keumen ran un gnibbern all den Pelz af vun sien Beenen un wullen dor en Nest för jümehr Jungdeerten vun buuen. Un je miehr se afgnibbern, je köller feuhlen sick sien Beenen an, bit dat he mit'nmool opwooken dee un *Au!* Schreeg – un wat is schehn? He seet op sienn' Stohl, man sien Feut hüngen in't Wooter, un Wooter weur rund ümto!

He spaddel noh sien Döör un keek ruut –

»Dat's keen Spooss ni«, sää Puh. »Ik mutt Utneihen.«

He nehm denn sien' gröttsten Honnipott un neih dor ut mit op'n steebigen Twieg vun sien' Boom, hoog noog booben dat Wooter, man denn kladder he nochmool dool un neih nochmool ut mit noch'n Pott ... un as he mit dat Utneihen kloor weur, do seet Puh op sien' Twieg, bammel mit sien Beenen un harr blangen sick teihn Pött mit Honni to stohn ...

Twee Doog looter, do seet Puh noch jümmers op sien' Twieg, bammel mit sien Beenen, man do stünnen blangen em bloots noch veer Pött mit Honni …

Dree Doog looter, do seet Puh noch jümmers op sien' Twieg, bammel mit sien Beenen, man he harr bloots noch een Pott mit Honni blangen sick to stohn.

Veer Doog looter, do seet Puh …

Un jüst an düssen veerten Dag in de Freuh, do seil Farken sien Buddel bi em längs, un mit en luuden »Honni!« düüker Puh in't Wooter, kreeg de Buddel foot, un marach sick spaddeln wedder trügg noh sien' Boom.

»Schiet ook!« sää Puh, as he de Buddel opmookt harr. »Natt mookt för niks un wedder niks. Wat hett düsse Seddel eegens to bedüüden?«

He kreeg em ruut un keek em an.

»Dat's en Nohricht«, sää he to sick sülm, »dat's kloor. Un düsse Bookstoov, dat is en ›P‹, un ook noch düsse dor un düsse, un ›P‹, dat heet ›P‹, un dorüm is dat ook en banni wichti Nohricht för mi, un ik kann dat ni leesen. Ik mutt hen noh Christopher Robin oder Uhl oder Farken, hen noh een' vun düsse Kloogen Leesers, de sowat leesen köönt, de warrt mi denn vertellen, wat dor binn' steiht. Ik kann man bloots ni swemmen. Schiet!«

Denn harr he en Idee, un ik meen, för so'n Boor mit Banni Lütten Grips hett dat en goode Idee ween. He sää to sick sülm:

»Wenn so'n Buddel boobenop swemmen kann, denn kann ook en Pott boobenop swemmen, un wenn Pött boobenop swemmen köönt, denn kann ik ook booben so'n Pott sitten gohn, vööruutsett, dat is is en bahni grooten Pott.«

Dorüm kreeg he sien' gröttsten Pott ruut un meuk em booben dicht. »Dat gifft keen Boot ni, wat ni ook en Noom' hett«, sää he, »dorüm kriggt mien nu den Noom' *Swemmen Boor*.« Un mit düsse Wöör leet he sien Boot nu dool in't Wooter un jump dor achteran rin.

För en lütte Tiet, do wüssen Puh un de *Swemmen Boor* ni so recht, wokeen nu booben oder nerrn seilen sull, man denn hebbt se de een oder anner Meugligkeit utprobeert, un denn kreegen se dat kloor: De *Swemmen Boor* nerrn un Puh as de Winner splittbeent boobenop un düchti mit sien Feut spaddeln.

Christopher Robin wohn heel booben op'n Topp vun't Holt. Dat reegen un dat reegen un dat reegen, man dat Wooter keum ni heel rop noh *sien* Huus hen. Dat hett em spoosst, wat he so doolkieken kunn in de Doolgrünnen un all dat Wooter sehn üm em to, man dat reegen so dull, dat he tomiehrst binn' bleev un öber düt un dat nohdach. Elkeen' Morgen lang he sick sien' Scherm, güng noh buuten un steek dor en Sticken rin, 'neem dat Wooter öber Nacht anlangt weur, un jeedweeden annern Morgen güng he wedder ruut, un denn kunn he sien' Sticken vun güstern ni miehr sehn, dorüm steek he denn en annern Sticken dor rin, 'neem dat Wooter nu al anlangt weur, un denn güng he wedder noh Huus, un elkeen' morgen harr he en köttern Weg as den Morgen vöördem. An'n föfften Morgen harr he dat Wooter üm sick to, un he wüss, dat he to'n iersten Mool in sien Leeben op so'n orri Insel wohnen dee. Dat weur banni spannend.

Jüst düssen Morgen keum Uhl un floog öber dat Wooter un sää to sien' Fründ Christopher Robin: »Wo geiht di dat?«

»Ik segg di, Uhl«, sää Christopher Robin, »is dat ni spoossi? Ik bün op'n Insel!«

»De atmospheerischen Konditschoonen sünd opstunns ni so banni goot«, sää Uhl.

»De wat?«

»Dat reegent«, verkloor Uhl.

»Jo«, sää Christopher Ronin, »dat deit dat.«

»So'n Peegelstand hett dat vöördem noch nie nich geeben.«

»En wat?«

»Dat gifft en Barg Wooter ümto«, verkloor Uhl.

»Jo«, sää Christopher Robin, »dat magst' woll seggen.«

»Man de Prognoosen warrt vun een' Dag op'n annern beeter. Jeeden Oogenblick – «

»Hest du Puh sehn?«

»Nee. Jeeden Oogenblick – «

»Ik wünsch mi, he hett dat goot«, sää Christopher Robin. »Ik kreeg al griese Hoor vun weegen em. Ik nehm mool an, Farken is bi em. Meenst du, de beiden hebbt dat goot, Uhl?«

»Dat will ik woll meenen. Kiek, jeeden Oogenblick – «

»Fleeg dor mool hen un kiek noh, Uhl. Puh hett ni so banni veel Grips, mag ween, he mookt Schiet, man ik mag em doch so lieden, Uhl. Versteihst' dat, Uhl?«

»Dat geiht kloor«, sää Uhl. »Ik fleeg wedder trügg. Stracks wedder trügg.« Un he seil af.

Beeten looter weur he wedder dor.

»Puh is ni dor«, sää he.

»Ni dor?«

»*Weur* mool dor. He hett op'n Twieg vun sien' Boom seeten, buuten sien Huus, mit neegen Pött vull Honni. Man dor sitt he nu ni miehr.«

»Mann, Puh!« schreeg Christopher Robin. »Woneem *büst* du bloots afbleeben?«

»Hier bün ik«, sää en Brummelstimm achter em.

»Puh!«

De beiden füllen sick in ehr Arms.

»Op wat för'n Wies büst du noh hier koomen?« freug Christopher Robin, as he wedder snacken kunn.

»Mit mien Boot«, sää Puh vull Stolt. »Dor hett mi een en Banni Wichti Nohrüükt in en Buddel tostüürt, man ik kunn dat ni leesen, harr jüst en beeten Woter in't Oog kreegen, dorüm heff ik di dat mitbröcht. Mit mien Boot.«

Mit düsse stolten Wöör geev he Christopher Robin sien Nohrüükt.

»Man dat stammt vun Farken!« reup Christopher Robin, as he dat leest harr.

»Steiht denn dor niks vun Puh binn'?« freug Boor un keek em öber de Schuller.

Christopher Robin lees de Nohricht luut vöör.

»Ach, düsse ›P's‹ heurt to HÖLP? Ik dach, de heurt to Puh.«

»Wi mööt em dor ratz-fatz ruuthoolen! Ik dach, he is mit *di* tohoop, Puh! Uhl, kunnst du em dor op dien Rügg ruuthoolen?«

»Dat gläuv ik ni«, sää Uhl, un harr dor deep över nohdacht. »Dor besteiht Twiefel an, dat de to sowat neudigen dorsoolen Muskeln – «

»Büst du denn so goot un seilst *fuurts* noh em hen un seggst em, Hölp is al op'n Weg? Un Puh un ik, wi wüllt dor över nohdenken, woans wi em dor, so gau as dat man geiht, ruuthoolen köönt. Nee, *segg* nu man niks, Uhl, man loos!« Un wieldess he noch jümmers dor över nohdach, wat he woll seggen kunn, seil Uhl nu af.

»Un nu, Puh«, sää Christopher Robin, »woneem hest du dien Boot?«

»Ik wull bloots noch seggen«, verkloor Puh, as se noh de Inselküst rünnergüngen, »dat's man keen Boot ni, so as du dat wennt büst. Mool is dat en Boot, un annermool woll iehrder en Mallöör. Kümmt jümmers op an.«

»Kümmt an op wat?«

»Wat ik nu booben sitten doo oder nerrn dat Boot.«

»Na, un woneem is dat nu?«

»Dor!« sää Puh un wies vull Stolt hen op den *Swemmen Boor*.

Dat weur jo jüst ni, wat Christopher Robin vermooden ween is, man je länger he sick dat ankieken dee, je miehr dach he: Wat för'n Kurascheerten un Kloogen Boor düsse Puh bloots is, un je miehr Christopher Robin sowat dach, je miehr keek Puh bescheeden an sien Nees dool un wull so doon, as meen he: Dat's gor ni wohr.

»Man dat's veel to lütt för uns beiden«, sää Christopher Robin truuri.

»För uns dree mit Farken.«

»Dat mookt dien Boot noch lütter. Mann, Puh Boor, wat sööt wi doon?«

Un denn sää düsse Boor, Puh Boor, Winnie-de-Puh, F.S.F. (Farken sien Fründ), K.S.M. (Kaninken sie Moot), P.F. (Pool-Finner), I.A.S.B. un S.F. (I-Ah sien Begööscher un Steert-Finner) – anners seggt, Puh sülm –, wull seggen: Düsse Boor sää wat, dat weur so klook, do kunn ook Christopher Robin bloots mit open Muul un stuure Oogen tokieken un sick froogen, is dat nu worrafti de Boor mit Banni Lütten Grips, den he kennen dee un al so'n lang Tiet goot lieden kunn.

»Wi köönt dor amenn mit dien' Scherm henseilen«, sää Puh.

»?«

»Wi köönt dor amenn mit dien' Scherm henseilen«, sää Puh.

»??«

»Wi köönt dor amenn mit dien' Scherm henseilen«, sää Puh.

»!!!!!!«

Mit'nmool harr Christopher Robin spitz kreegen, dat güng

amenn. He hett sien' Scherm opspannt un annersrüm op't Wooter leggt. Dat wackel twoors, man dat bleev booben. Puh enter den Scherm. He wull jüst seggen, allns kloor, man denn wörr he wies, dat stimmt ni. He kreeg dat Muul vull Wooter, wat he eegens gor ni wull un wood wedder trügg noh Christopher Robin. Denn entern de beiden den Scheerm op'nmool, un nu wackel he ook ni miehr.

»Ik warr düt Boot nu *Puh sien Grips* neumen«, sää Christopher Robin, un *Puh sien Grips*, de seil nu noh Süüdwest un dreih sick dor bi nüdeli üm sick sülm.

Du kannst di nu vöörstellen, wo dull sick Farken freien dee, as he dat Boot in de Künn kreeg. In de Johren achteran dach he giern trügg an de Banni Groote Gefohr bi de Greesige Floot, man eegens weur he bloots eenmool in Gefohr: In de lest half Stünn vun sien Insparrtsien, do keum Uhl jüst anseilt, güng sitten op en Twieg vun sien' Boom un wull em begööschen un vertell em en oosi lang Geschicht vun en Tant, de harr utversehns en Mööwenei leggt, un de Geschicht harr un harr keen End, jüst so as düsse Satz, un Farken harr sick de heele Tiet ut sien Finster ruutlehnt un toheurt, man ohn' sick wat vöörtomooken, un weur denn sacht insloopen un rutsch bi dat suutje ruut ut sien Finster op dat Wooter to, un oplest hüng he bloots noch mit sien Tehen an de Finsterruut, as in düssen Oogenblick Uhl mit'nmool luut krieschen dee, wat eegens to de Geschicht heur un bloots wietergeeben sull, wat Uhl

sien Tant seggt harr, un Farken wedder opwookt is un jüst Tiet noog harr, sick mit'n Ruck wedder op Nummer seeker to bringen un to seggen: »Wo intersant all dat, un hett se nu worrafti?«, as – na, du kannst di dat vöörstellen: Wat för'n Freid, as he nu oplest dat goode Boot *Puh sien Grips* to sehen kreeg (*Käpten:* C. Robin; *1. Stüürmann:* P. Boor), dat öber See hen noh em seil un em ruuthoolen wull.

Un dat's nu dat End vun de Geschicht. Ik bün noh düssen lesten Satz banni meud, un dorüm heur ik hier nu woll ook op.

Häuftstück X

CHRISTOPHER ROBIN GIFFT EN PUH-FEST, UN WI SEGGT »TSCHÜÜSS«

An en scheunen Dag, do keum de Sünn trügg un stünn över't Holt un bröch den Ruuch vun'n Maimoond mit sick, un all de Beeken in't Holt blinkern vull Freid, dat se nu wedder so smuck as süss gluckern kunnen, un de lütten Peul leegen dor un dräumen vun all dat, wat se sehn harrn, un vun de grooten Sooken, de se mookt harrn, un in de stille Warmte vun't Holt, dor probeer de Kukuuk ganz suutje sien Stimm ut un wull weeten, wat he dat ook lieden kunn, un de Duuven in't Holt bekloogen sick, een bi de anner, liesen op ehr fuul un kommoodi Oort un Wies, de anner harr de Schuld, man dat weur amenn ganz egool; an so een' Dag, do fleit Christopher Robin op sien ganz eegen Oort un Wies, un Uhl seil ruut ut' Hunnert-Acker-Holt un wull sehn, wo he op to weur.

»Uhl«, sää Christopher Robin, »ik geev en lütt Fest.

»Wullt du dat worrafti?«

»Un dat warrt en ganz besünners Fest, weegen dat düt Fest fie'ert warrt, wieldat Puh dat mookt hett, wat he mooken dee, as he dat mooken dee, wat he mookt hett, üm Farken ut de Floot ruuttohoolen.«

»Ach, dorüm dreiht sick dat, oder?« sää Uhl.

»Jo, un wullt du dat nu Puh so gau, as dat man geiht, vertellen un ook all de annern, dat sall morgen al loosgohn.«

»Ach, is dat wohr? Morgen al?« sää Uhl, jümmer noch so noothölpsch as meugli.

»Also, wullt du nu loos un jüm dat vertellen, Uhl?«

Uhl dach noh un wull wat ganz Utklooktes seggen, man em füll niks in, dorüm seil he nu af un vertell dat de annern. Toierst keum Puh an de Reeg.

»Puh«, sää he, »Christopher Robin gifft en Fest.«

»Ach!« sää Puh. Un denn mark he, Uhl teuv dor op, dat he noch wat seggen sull, un he sää: »Gifft dat denn ook düsse lütten Kookendingers dor, de mit rosa Suckerguss boobenop?«

Uhl meen, dat weur wiet ünner sien Wöörd, dat he vun lütte Kookendingers mit rosa Suckerguss booben op snacken dee, dorüm vertell he bloots niep, wat Christopher Robin em seggt harr, un seil denn af noh I-Ah.

»För mi en Fest?« dach Puh bi sick sülm. »Grootorri!« Un he freug sick, wat woll all de annern Beesters wüssen: Dat dreiht sick üm en Puh-Fest un üm niks anners, un wat Christopher Robin jüm al vun'n Swemmen Boor un Puh sien Grips vertellt harr, un vun all düsse wunerboren Bööt, de he sick utdacht harr un wo he in seilt hett, un he dach nu ook, wo greesi dat weur, un stell sick vöör, all de annern harrn dat vergeeten, un nüms wüss nu so recht, wat dat mit düt Fest eegens op sick harr; un je länger he dor öber noh-dach, je duller verhedder he sick in sien' Breegen, as in so'n Droom, woneem allns döör'neen loopen deit. Un de Droom füng in sien' Kopp vun alleen an to singen, un amenn keum do so'n Oort Leed bi ruut. Dat weur en

Bang Puh Leed

Dreemool hoog, Puh!
(Wat seggst du?)
Hoog, Puh –
(För wat dann nu?)
Wat weesst eegens du?
He hett sien Frünnen ut' Wooter ruuthoolt!
Dreemool hoog, Boor!
(Wat seggst du dor?)
Hoog, Boor –
He kunn ni swemm',
Liekers hool he em!
(Wokeen is em?)
Heur doch to, du!
Ik snack vun Puh –
(Segg nochmool, du!)
Vun Puh!
(Deit me leed, heff ik vergeeten.)
Puh weur en Boor mit Grooten Verstand,
(Dat's allerhand!)
Mit grooten Verstand –
(Mit grooten wat?)
He eet banni wat,
Man kunn he nu swemmen – weesst du dat?
Över't Wooter seil he goot
In so'n Oort Boot.
(In so'n Oort wat?)
In'n Pott, so'n Oort Fatt –
Man nu wüllt wi em vun Harten dreemool hoogleeben looten

(Dorüm wüllt wi em nu dreemool vun Harten wat geeben?)
Un op dat geevt wi em nu ook uns' Pooten,
Un Johr för Johr sall he mit uns leeben!
Dreemool hoog, Puh!
(Wat seggst du?)
Hoog, Puh –
Dreemool hoog, Boor!
(Wat seggst du dor?)
Hoog, Boor –
Dreemool hoog, wunnerbor Winnie-de-Puh!
(WAT HETT HE DOON? – *Vertell mi dat, du oder ook du!*)

Dat speel sick in em af, wieldess hett Uhl mit I-Ah snackt.

»I-Ah«, sää Uhl, »Christopher Robin gifft en Fest.«

»Banni intersant«, sää I-Ah. »Wohrschiens warr ik nu wedder kriegen, wat över blifft, un 'neem al mool een mit'n Moors op seeten hett. Nett un tomeutkoomen. Dor ni för, allns kloor.«

»Ik heff en Inlodung för di.«

»Woans süht de ut?«

»En Inlodung!«

»Jo, ik heff dat mitkreegen. Wokeen hett dat achter sick looten?«

»Dat's niks to'n Freeten, dat seggt: Du sasst noh'n Fest hen. Glieks morgen.«

I-Ah schüddköpp suutje.

»Du meenst Farken. Düsse lütte Kierl mit sien hiddelige Ohren. Dat's Farken. Ik warr em dat seggen.«

»Nee, nee!« sää Uhl un dreih meist döör. »Du büst meent!«

»Seeker dat?«

»Kloor, heel seeker. Christopher Robin hett seggt: ›Alltohoop! Vertell dat jüm alltohoop.‹«

»Alltohoop, ohn' I-Ah?«

»Alltohoop«, sää Uhl, nu al mucksch.

»So, so!« sää I-Ah. »Ganz kloor en Versehn, man liekers koom ik. Man wenn dat reegent, denn bün ik dor ni an schuld.«

Man dat hett ni reegent. Christopher Robin harr ut en poor lange Stücken Holt en langen Disch buut, un alltohoop seeten se in de Rund. Christopher Robin hett an dat een End seeten un Puh an dat anner, un mang de beiden an de een Siet Uhl un I-Ah un Farken, un mang jüm an de anner Siet Kaninken un Ruh un Kängu. Un all de Frünnen un Sippschopslüüd vun Kaninken harrn sick öber de Wisch verdeelt, un se teuben dor bloots op, dat jichtenseen mool mit jüm snacken oder jüm wat hensmieten oder jüm froogen dee: »Wat seggt de Klock?«

Ruh hett vöördem noch nie nich op'n Fest ween, un he weur banni opreegt. Man knapp, dat se alltohoop sitten güngen, do füng he al an to sabbeln.

»Hallo, Puh!« quiek he.

»Hallo, Ruh!« sää Puh.

Ruh jump op sien' Stohl en poormool op un dool, un denn füng he wedder an:

»Hallo, Farken!« quiek he.

Farken wunk em mit sien Poot to, veel to veel mit wat anners befoot, un sää niks.

»Hallo, I-Ah«, sää Ruh.

I-Ah nickköpp düüster noh em hen. »Glieks gifft dat Reegen, dat warrst du glieks wies«, sää he.

Ruh wull sehn, wat dat Reegen geev oder ook ni, un dat geev keen' Reegen, dorüm sää he nu: »Hallo, Uhl!«, un Uhl sää: »Hallo, mien lütten Buttjer«, un dat ganz fründli, un vertell Christopher Robin denn vun dat Mallöör, wat een vun sien' Frünnen meist droopen harr, een, den Christopher Robin ni kennen dee, un Kängu sää to Ruh: »Du sasst opierst mool dien Melk drinken, mien Lütten, un achteran kannst du mit de Lüüd snacken.« Ruh drünk jüst sien Melk un wull seggen, he kunn dat een un ook dat anner to glieke Tiet … man denn müss em een op de Rügg kloppen un ook noch en ganz Tiet afdreugen.

As se nu all meist noog eeten harrn, do baller Christopher Robin mit sien' Lepel op'n Disch, un alltohoop leeten dat Sabbeln blieben un sweegen still, man bloots Ruh ni; Ruh harr jüst en dullen Hickop-Anfall achter sick un keek nu, as harr dat een vun Kaninken sien Sippschop ween.

»Düt Fest«, sää Christopher Robin, »dat is en Fest weegen, wat een doon hett, un wi alltohoop weet jo, wokeen dat is, un dat is sien Fest weegen, wat he doon hett, un ik heff ook en Goov för em, un de heff ik nu hier.« He grabbel beeten op'n Disch rüm un swiester denn: »Woneem is de Goov afbleeben?«

He söch noch rüm, do küchel I-Ah banni indrucksvull un füng an to snacken.

»Frünnen«, sää he, »un wat süss noch dor is, dat's för mi en groote Freid, oder amenn müss ik eegens seggen: Hett bit nu en Freid ween, dat ji op mien Fest sünd. Ik heff eegens rein gor niks doon. Elkeen vun ju harr dat ni anners mookt – seht wi mool af vun Kaninken un Uhl un Kängu. Na, un denn Puh. Kloor, un wat ik segg, dat tellt ni för Farken un Ruh, de beiden sünd veel to lütt. Elkeen vun ju harr niks anners doon. Man tofallswies heff Ik dat nu mool mookt. Wat ik ni seggen mutt: Ik heff dat ni doon vun weegen, dat ik hebben wull, wat Christopher Robin nu jüst seuken deit« – un he trock dat Vöörbeen an sien Muul un sää luut swiestern: »Probeer dat mool ünner'n Disch« – »man bloots, wieldat ik meen, wi alltohoop sööt doon, wat wi köönt, wenn dat üm Hölp geiht. Ik meen, wi sööt alltohoop – «

»H-hicks!« sää Ruh utversehns.

»Ruh, mien Lütten!« sää Kängu vöörhöllern.

»Heff ik dat ween?« freug Ruh beeten verboost.

»Wo snackt I-Ah eegens vun?« swiester Farken to Puh.

»Weet ni«, sää Puh teemli suurpöttsch.

»Ik dach, dat's dien Fest.«

»Heff ik ook mool dacht. Man amenn is dat doch ni mien.«

»Ik wull leeber, dat' dien as I-Ah sien«, sää Farken.

»Ik ook«, sää Puh.

»H-hupps!«, sää Ruh nu wedder.

»WAT-IK-JÜST-SEGGEN-WULL«, sää I-Ah luut un basch, »wat ik jüst seggen wull, as mi ünnerscheedli Luut Gedruus dat Woort afsnieden dee, ik meen, dat – «

»Ik heff dat!« schreeg Christopher Robin opreegt. »Langt dat man dool för uns' Dummerhaftigen Oolen Puh. Puh sall dat hebben.«

»Puh?« sää I-Ah.

»Kloor för Puh. Dat is de best Boor in de heele Welt.«

»Kunn ik mi eegens meist denken«, sää I-Ah. »Man ik will mi ni bekloogen. Ik heff mien Frünnen. Ierst güstern hett noch een mit mi snackt. Un, weur dat nu de leste Week

oder de iehrlest, do hoppel Kaninken bi mi rin un sää: ›Schiet 'ook!‹ Dor geiht wat af. Jümmer wedder wat anners.«

Nüms heur em to, all meenen: »Mook dat mool op, Puh«, »Wat is dor binn', Puh?«, »Ik weet, wat dat is«, »Nee, dat deist du ni« un anner noothölpsch Snackeree vun düsse Oort. Kloor, Puh hett dat denn ook opmookt, so gau, as he man kunn, man ohn' dat he dat Tüdelband tweisnieden wull, du weesst jo nie nich, wanniehr du sowat mool wedder Bruuken kannst. Amenn kreeg he dat op.

Puh, as he wies wörr, wat dat weur, do müss he meist sitten gohn, so dull müss he sick freien. Dat weur en heel besünnern Poosenkassen. Dor geev dat Bliestickens binn' mit en ›B‹ dor op för Boor, un anner, dor stünn ›HB‹ op för Hölps-Boor, un anner, dor stünn ›KB‹ op för Kurascheert Boor. Dat geev ook en Mest, dor kunn en de Bliestickens mit scharp mooken, en Ratzefummel, dor kunn en denn allns wedder mit utradeeren, wenn en wat falsch bookstobeert harr, un ook en Lientje, dor kunn en Lienen mit mooken, dor kunnen denn de Wöör op loopen, dat geev ook

Zentimeeters op dat Lineool, wenn en mool weeten wull, wolang düt un dat is, un blaage Farvstickens un roode un greune, dor kunn en wat op Blaag, Root oder Greun mit seggen. Un all düsse nüdeligen Sooken in ehr eegen lütte Büdels in en Besünnern Kassen, de meuk klick, wenn du em toklicken wullt. Un all dat bloots för Puh.

»Oh!« sää Puh.

»Oh, Puh!« sään all de annern, bloots I-Ah ni.

»Dank ook«, brummel Puh.

Man I-Ah sää to sick sülm: »Düsse Schrievkroom. Bliepenns un wat-weet-ik. Warrt veel to veel vun mookt, wenn du mi froogen deist. Niks dor achter.«

Looterhen sään se all »Tschüüss!« un »Dank ook!« to Christopher Robin, un Puh un Farken güngen mit'nanner bi de güllen Obendsünn noh Huus, un sweegen en lang Tiet still.

»Wenn du morgen opwooken deist, Puh«, sää Farken oplest, »wat is dat ierst, wat du denn to di sülm seggen deist?«